放課後の聖女さんが尊いだけじゃないことを俺は知っている4

戸塚 陸

ファンタジア文庫

3250

口絵・本文イラスト　たくぼん

CHARACTER／人物紹介

倉木大和《くらき やまと》

平凡で退屈な毎日を送る、ごく一般的な男子高校生。母親と二人暮らしで、家事はそれなりに得意。

白瀬聖良《しらせ せいら》

美しい容姿と神秘的な雰囲気で人を惹きつける美少女。周囲からは聖女と呼ばれている。

新庄瑛太《しんじょう えいた》

ノリがよく、友達思いなクラスの人気者。彼のファンである女子生徒も多いのだとか。

環芽衣《たまき めい》

明るく気さくな小動物系女子。成績優秀で、クラス委員を務める優等生な一面も。

一話　いつもと違った日常

秋の夜長という言葉がある。

九月下旬の秋分の日辺りから、冬がはじまる立冬までの期間を指す言葉のようで、日照時間が短くなり、夜の時間が長くなることをいうらしい。

それならきっと、夜が好きな彼女は、秋という季節も好きだろうと思った。


十月上旬。

その夜、大和《やまと》は見慣れたタワーマンションの前に立っていた。

すでに時刻は九時を回っているが、感覚が麻痺《まひ》しているのか、むしろ好都合とさえ思えていた。

スマホを確認するも、新着メッセージはなし。数時間前に送ったメッセージにも、既読はついていない。

大和は気合いを入れるようにふぅと息を吐いてから、エントランスに足を踏み入れる。

オートロックのドアを前に、聖良《せいら》の部屋番号を入力して、呼び出しボタンを押した。

しばしその場に静寂が訪れるものの、反応はない。

「……留守、か」

呆《あき》れたような、もしくは落胆したような気持ちになる。

この時間に女子高生が帰宅していない、もしくは改めて外出したというのは本来心配すべき事柄のはずだが、相手が聖良であるなら話は別だ。

それも、いつも通りならば――の話だが。


――夏休み最終日の夜、聖良はしばらく遊べなくなると告げてきた。

それは新学期が始まってから、本当にその通りになった。

あれから大和と聖良は、一度も放課後に遊んでいない。

一緒に夜の街を出歩くようなこともなければ、下校を共にすることもなかった。

ただ、喧嘩《けんか》をしているというわけではないので、学校では休み時間になれば普通に話しているし、昼休みはこれまでのように屋上で一緒に昼食をとっていた。

けれど、放課後に何をしているのかという問いについては、まともな返答を貰《もら》えず。

お盆の会合で何があったのかも、説明はないままだった。

そんな状況が続いていたからこそ、今日は改めて話をしようと思って家まで訪れたのだが、どうやら会うことはできないようである。

「……はぁ」

小さくため息をついて、大和はその場を後にする。

聖良から『ごめん、バタバタしてた』というメッセの返信が届いたのは、大和が眠りについた深夜になってからのことだった。

◇

「昨日はごめんね。なにかあった？」

翌日の昼休み、屋上にて。すっかりブレザーに衣替えを済ませた聖良が、菓子パンを頬張りながら淡々と尋ねてくる。その様子を見ていると、大和の方まで気が抜けてしまう。

「……いや、べつに大したことじゃないんだけど。文化祭も近いから、ちょっと相談したくなってさ」

「あー、そういうこと。私たち、主役同士だもんね」

「成り行きで、だけどな」

そう。今年の文化祭において、大和と聖良は間違いなく主役と言っていいだろう。

大和たちのクラスである二年B組は、今年の文化祭で演劇をやることになっている。その主役を演じるのが、大和と聖良なのだ。

演目は『白雪姫』。

美しい娘の白雪姫は、その美しさを妬んだ魔女に毒リンゴを与えられて永遠の眠りに落ちるが、王子のキスにより目覚める——という、まさに王道のラブストーリーである。

配役決めは二学期の初めに行われて、ヒロインである白雪姫役は満場一致の推薦で聖良に決まり、その後、まさに成り行きといっていい具合に監督を務める瑛太《えいた》と脚本担当の芽《め》衣《い》の後押しにより、王子役は大和に決まった。

ただ、これは押し付けられて決まったわけではない。

最終的には大和が決断して、自ら『立候補』をしたのである。

他クラスや他学年の生徒からは意外な配役と思われているだろうが、こと二年B組のクラスメイトからは特に反論の声も上がらず、むしろ既定路線という雰囲気すら出ていた。

それは聖良も例外ではなく、決まった直後には「頑張ろうね」と声をかけてきた。

劇の練習は配役決め以降すぐに始まり、仕上がり具合はすでに上々といっていいだろう。

ゆえに、相談があるという大和の申し出には、聖良もきょとんとしながら小首を傾《かし》げる。

「それで、相談したいことって？　もしかして、衣装がキツかった？　サイズ合わせならまだ間に合うと思うけど」

「衣装は大丈夫だ。……いや、王子役の衣装とか恐れ多いし、デザイン的には抵抗があるんだけど。サイズのことを言うなら、白瀬《しらせ》の方こそ最近昼飯の量が多いし大丈夫か？　今日だってパンを四個も食べてるだろ」

「平気だって。前にも言ったけど、私は食べても太らないから」

ほら、と言わんばかりに聖良は大和の手を取って、自らの脇腹に触れさせる。

制服越しでもふにふにと柔らかいその感触は、しかしちゃんとくびれていて、一体先ほど食べたパンのカロリーはどこへいったのかと不思議で仕方がなかった。

「た、確かに、これはすごいな……。食べたぶんはどこへ消えたんだが」

「胸とか？　まだ成長してる気がするし」

聖良は自分の胸を持ち上げながら、『触る？』とでも言いたそうにこちらを見ながら小首を傾げてみせる。

ごくり、と大和は生唾を飲んでから、一瞬だけその感触に思いを馳《は》せたものの、すぐさま首を左右に振った。

「で、なんの話だっけ」

「そりゃあ、おっぱ――じゃなくて！　えっと……ああ、劇のことだ」

「おっぱい姫？」

「からかうのはもうよしてくれ……」

「あはは、ごめんってば。劇のことで相談があるんだよね」

やっと本題に戻ってこられたわけだが、大和は言い淀《よど》むように俯《うつむ》いた。何せ、本来の目的は演劇関連ではなく、最近の聖良との距離感についてちゃんと話したかったからだ。

「大和？」

「なんというか……まあ、演劇の話でいうと、俺はやっぱり白瀬に釣り合っていないってことを痛感させられる日々ではあるよな」

ごまかすつもりで口にしたものの、これに関しては本当に悩んでいることでもある。

だが、聖良はそうとは思っていないようで。

「そう？　私的には、今でも十分良《い》い感じだと思うけど。大和だってセリフを全部覚えているし、感情も伝わってくるよ。それじゃダメなの？」

「それはまあ、最低限というか……」

演劇の練習が始まって以来、大和は毎日の自主練を欠かさずに行い、セリフもすぐに暗記した。参考になる映画やミュージカル作品なども視聴したし、いろんなクラスメイトの力を借りて、とにかく熱心に取り組んだ。最初こそは人前で演技をすることに照れや恥ずかしさがあったが、それもすぐに克服してみせた。

それはひとえに、聖良の足を引っ張らないようにするためだ。そして願わくば、彼女の隣に立っていて恥ずかしくない存在として、釣り合えるようになりたいと思ったからこそ、継続することができているのだ。

そもそも王子役に立候補したのだって、周囲がお膳立てしてくれたおかげでもあるが、今の聖良との関係を変えるきっかけになれば、と思ったのが発端である。他にも、聖良と過ごす時間が単純に増えるという算段もあった。

全て、聖良との関係を思えばこそ、成り立たせることができていたのだ。

そんな私情満載な努力の甲斐《かい》もあって、大和は今や周囲に認められるほどのレベルで、王子役を演じられるようになっていた。

けれど、それでも何かが足りないと感じていた。聖良の演技とは、根本的に違うのだ。その違いは、いわゆるカリスマ性というものかもしれない。けれど、それを認めて諦めてしまうのは違う気がした。

ゆえに、今もがむしゃらに努力を続けているわけだが……やはり、追いつくことは到底できそうになかった。例に出すのはおこがましいかもしれないが、椿《つばき》が語った聖良に対する劣等感の一端を、大和も味わった気がしていた。

「よくわかんないけど、べつにいいんじゃないかな」

だというのに、聖良は呑気《のんき》に伸びをしながら言う。これには大和も顔をしかめた。

「そうも露骨に面倒がられると、さすがに落ち込むんだけど」

「違うって。面倒とかじゃなくて、その、なんて言えばいいのかな……──王子様の大和はかっこいいんだから、それでいいじゃんって話だよ」

「俺が、かっこいい……？」

あまり──というかほとんど言われない言葉なので、大和はつい声が上擦った。

それにも構わず、聖良がうんうんと頷《うなず》いてみせる。

「かっこいいよ。特にクライマックスのセリフなんかすごいじゃん。大和が真顔で、『やっと目覚めてくれたね、僕のプリンセス』って言うんだもん。あれはすごいよね」

「なあ、馬鹿にしてないか？」

「してないしてない。確かにだいぶクサいセリフだとは思うけど、大和が言うとかっこいいなって思ってるよ」

ちなみに、その『だいぶクサいセリフ』の数々は、乙女モード全開の脚本担当・芽衣による脚色の結果である。いずれにせよ、こうして聖良と話していると、悩んでいる自分がズレているような気分になってくるのだから不思議だ。

おかげで少し頭が冷えた大和は、自分も大きく伸びをしてみせた。

「まあ、ないものねだりをしても仕方がないか。本番も近いし、ひたすらにやれることをやるだけでいいのかもな」

「そーそー。今でも十分頑張ってるんだから、べつに焦《あせ》ることはないと思うよ」

「だな、ありがとう。ちょっとすっきりしたよ」

「ならよかった」

聖良がかけてくれた言葉は、大和の抱えている悩みの本筋——二人の関係についても効果があったように思えた。

だからこそ今は焦らずに、やれることをひたむきに頑張ろうと大和は思い直した。

……のだが。

そんな気持ちも放課後を迎え、演劇のクラス練習の時間になったところで、すぐさま心変わりさせられる。

聖良が演じる白雪姫が、小人たちに恋の話を語る場面にて。

「——私が好きなお方は王子様、ただ一人だけよ」

その短い言葉を口にした白雪姫は、間違いなく恋に胸を躍らせていた。

ほんのりと赤らんだ両頬が、うっとりと垂れている目元が、この場にはいない王子に対して想《おも》いを馳せるその姿が――見ている者たち全ての胸まで躍らせる。

その仕草は瑞々《みずみず》しく、とても夏に『恋愛がよくわからない』と言っていた少女の振る舞いとは思えないほどで、これが演技ということを忘れさせた。

そんな彼女に誰もが虜《とりこ》になる中で、しかし遠目に見守る王子だけは――大和だけは、形容しがたい焦燥感に襲われていた。

（やっぱり、このままじゃ駄目だ……）

このときの大和にはもう、ひたむきになる余裕なんて微塵《みじん》も残っていなかった。

ゆえに、大和は聖良に対して半ば張り合うようにして、鬼気迫る集中力で練習に臨んだ。

そんな大和の様子を見て、瑛太と芽衣は心配そうに顔を見合わせるのだった。

この日のクラス練習は、二時間ほど続いて終了となった。

最近の聖良は気が付くとスマホでスケジュール表を確認していて、ずいぶんと多忙な様子だが、文化祭の練習をサボったことはない。

ただ、それはあくまで通しの練習に限ったことで、拘束力の少ない自由練習の時間や、打ち合わせと称した話し合いなどには一切参加しなかった。

そしてこの日も解散となったところで、聖良はそそくさと教室を後にするようだ。

「大和、また明日ね」

そんな挨拶だけは毎回律儀《りちぎ》に残すものだから、教室に残った大和は周囲から冷やかしの視線を向けられるわけで。

「なあ、倉木《くらき》」

そこで瑛太から声をかけられた。最近気を遣ってか、瑛太から聖良との関係をいじられることは少なかったのだが、今日は違うのかと思い身構える。

「なんだよ、監督」

「よし、その監督命令だ。今日はこれからちょっとした会議があるから付き合いなさい」

「まあ、べつにいいけど。カラオケとかならお断りだぞ？」

「場所はファミレスだ。大事な相談会を開くからな」

「相談会？」

「いいからいいから。それと環《たまき》とゲストも一人、参加予定なのでお楽しみに」

「はあ……？」

もしかすると、そのゲストとやらは聖良なのではないかと淡い期待を抱きながら、大和は瑛太の後に続いた。

二話　白雪姫と聖女

「げ」

　ファミレスに入ったところで、大和《やまと》は思わず顔を歪《ゆが》めていた。

「どうも。久々の再会にしては大変失礼な反応ですね、『大和先輩』？」

　四人席からにこやかに微笑《ほほえ》むのは、清楚可憐《せいそかれん》な大和撫子《やまとなでしこ》——椿《つばき》だったからだ。

　お嬢様学校のセーラー服（冬服仕様）を着こなすその佇《たたず》まいは凛《りん》としていて、相変わらずとても可愛《かわい》らしい。だが、今の大和はなんとなく彼女とは顔を合わせづらい気分だった。

　その隣に芽衣《めい》が座った時点で、ゲストは椿でほぼ間違いないだろう。もしやこちらの心中を見越した上で椿の名前を伏せていたのではないかと思い、大和は瑛太《えいた》を睨《にら》みつける。

　すると、瑛太は下手くそな口笛を吹きながら、わざとらしく視線を逸《そ》らしてみせた。ごまかすつもりはないのが見え見えなところが、逆に腹立たしい。

　ひとまず、大和は椿に対して謝罪をすることにした。

「いや、悪かったよ。確かに失礼だったな」

「わかっていただければ結構です。そこは通行の邪魔になるので、早く座ってください」

「なら、遠慮なく」

瑛太がいつまで経《た》っても座ろうとしないので、大和は仕方なく、椿の向かいに座る。

「んじゃ、オレはドリンクバー頼むわ～」

「あ、わたしも」

「では注文をまとめましょう。大和先輩も頼みますか？」

「えっと、それじゃあドリンクバーだけ」

「わかりました」

そうして頼んだ品々がテーブルに揃《そろ》ったところで、大和が口を開く。

「それで、今日は一体どういう集まりなんだ？」

疑うように瑛太と椿を交互に見ると、予想外にも斜め前に座る芽衣が挙手をして、

「今日の集まりは、倉木《くらき》くんを励ます会です！」

と、大変通りの良い声で堂々と言った。ふんす、とドヤ顔を浮かべる芽衣はやたらと意気込んでいるように見える。その様子を見ているだけで胸焼けがしそうになった。

そしてつまり、今日の集まりの発起人は芽衣ということらしい。

「えっと……それで、どういうことなんだ二人とも」

「無視しないでぇ～っ」

泣きつくように手を伸ばしてくる芽衣の仕草は庇護《ひご》欲をそそるものがあり、はっきり言ってめちゃくちゃ可愛かった。思わず頬が少し緩んでしまう。

「先輩って、ロリコンだったんですか」

「は⁉ 違うけど⁉」

「ん？ 倉木くんってロリコンなの？」

どうやら椿にとって芽衣は『ロリ』に該当するらしく、大和を見る目が痛い。一応、芽衣の方が年上なのだが。

当の芽衣はロリ扱いされていることに気づかぬまま、つぶらな瞳を大和に向けてくる。

と、そこで混迷化しそうな状況に待ったをかけるべく、瑛太が挙手をしてみせた。

「いきなりどうした」

「いや、そろそろ監督の出番かなと」

「……まあ、本題を始めてくれるなら、誰が話してもべつにいいけどさ」

がっつりとしたチーズハンバーグ定食を頼んでいた瑛太は、熱々のハンバーグをナイフで切り分けながら話を始める。

「にしても、今日の聖女さんもすごかったな！」

「ねっ！　もうわたしまでキュンキュンしちゃったよ！」

「どういうことですか、詳しく教えてください」

「あのね、今日――」

ガタン、と。そこで大和は立ち上がった。

「悪い、そういう話なら今日は帰るよ」

一瞬にして凍り付いた空気の中、あわあわとする芽衣と、しょんぼりする椿をよそに、瑛太が大和の腕を引いて座り直させる。

「まあ、そう事を急《せ》くなって。ほら、ハンバーグを切り分けたからみんなで食べようぜ」

そんな風になだめられながら、ハンバーグと少量のライスが載った小皿を差し出されて、大和は小さくため息をついた。

「わかった、いただくよ」

渋々、大和はハンバーグを食べると、熱々の肉汁で口の中を火傷《やけど》しそうになった。

女子陣には受け取りを拒否されたようで、瑛太は肩を落としながらも言う。

「べつに、何も焦ることはないだろ。聖女さんと自分を比べる必要もないんだしさ」

唐突に話の本題が始まったので、大和はハンバーグを咀嚼《そしゃく》し終えてから返答する。

「それは俺もわかっているつもりだったけど……でも、みんなだって嫌だろ。主役が全然釣り合っていないのはさ」

「いや、少なくともオレは比べてないぜ。監督として、トータルバランスという意味ではキャストの見栄《みば》えを考えるけど、それだって単純な比較とは違うしな」

「………」

予想以上にまともな答えが返ってきたので、大和はどう答えるか困っていた。

返答に窮する大和に対し、今度は芽衣が口を開く。

「わたしも脚本を担当してるけど、倉木くんと聖女さんを比べたことはないなぁ。二人が並ぶ場面を頭の中で想像したり、聖女さんのことしか見えてないときはあると思うけど」

それはもはや妄想と呼ぶのだが、いずれにせよ大和の考えとは違うらしい。

そこでサラダを口にしていた椿が、水を飲んでからひと息ついて言う。

「……わたしは、大和先輩の気持ちがわかります。わたし自身、聖良《せいら》先輩と自分を何度も比べて、その違いに打ちのめされてきた人間ですので」

「なら、やっぱり――」

「ですが」

ようやく同調してくれる相手が見つかったと大和が思った矢先、椿がその言葉を遮る。

「大和先輩の『それ』は、お門違いだと思います。厳しい言い方ですが、わたしの場合は

『競技』の側面があり、先輩たちにはその側面がないぶん、比べるのは違うかなと」

「…………」

「もちろん、芸術方面のジャンルに含まれる演劇には、コンプレックスなどが付き物で、単純に競技の枠に囚《とら》われない要素——それはプライドだったり、演技力だったり、カリスマ性の違いなどが関係しますし、オーディションというものがある通り、実際は競技性が無関係どころか、そういった要素の塊ではあると思いますが」

専門的な話になったことで、大和には理解できない部分が多々存在した。

しかしそれでも、椿が言わんとしていることは伝わってくる。

椿はまとめに入るように、大和の方へと向き直って告げる。

「けれど、そういったどれとも大和先輩の感情は違うもののはずです。聖良先輩との違いを割り切れないからこそ努力する——までは素晴らしいことだと思うので、あとはどう折り合いを付けるかが課題かなと思います」

「折り合い、か」

「はい。勝負に勝つことだけが、納得できる方法ではないでしょう？　これは、あなたがわたしに教えてくれたことです」

ぱちり、とウインク交じりに椿は言い終える。その姿にドキッとしつつも、大和は腑《ふ》に落ちたような心地になっていた。

「そうだな。元々、俺自身もどうしたらこのモヤモヤが消えるのか、わかってなんかいないんだ。だったら、自分が納得できる形を作ればいいんだよな」

「さすがですね、もう答えを見つけかかっている気がします。差し出がましいことを言ってすみませんでした」

すでに椿の表情は和らいでいて、その口調も穏やかだ。

ゆえに、大和と椿の間に流れる空気には、のどかな温かさが満ちていた。

「いや、正直助かったよ。ありがとな」

「ふふ、お力になれたなら嬉《うれ》しいです。少しは恩返しができたでしょうか」

「ああ、もちろんだよ。これは俺の方こそ、何かを返さないといけないな」

「そんなこと……ですが、ちょっと期待をしてしまうかもしれません」

「ああ、期待していてくれ」

そうして一段落ついたところで気付いたが、なぜだか芽衣が顔を真っ赤にしていた。

瑛太の方はといえば、悟りを開いたように目を細めて和やかな表情をしている。

「二人とも、どうしたんだ？」

「うぅ……椿ちゃんも可愛いなぁって……」

「オレは、倉木がオレの知らないところで成長していたんだなぁって」

「新庄《しんじょう》はどこ目線なんだよ……」

すると、二人の反応のせいか、椿まで顔を真っ赤にして固まっていた。

「香坂《こうさか》さん？」

「ひゃいっ⁉」

「ひゃい、って……ほんと、どうしたんだ？」

「い、いえ、先ほどはお二人がいることを忘れて語ってしまっていたので、今さら恥ずかしくなってきたといいますか……」

「そうなのか？　恥ずかしいことは言ってないと思うけど。二人だって、良い意味で香坂さんの見方が変わったんじゃないか？　ほんと、しっかり者すぎて年下とは思えないよなあ、と瑛太と芽衣に対して大和が同調を求めると、二人は穏やかな表情で頷《うなず》く。

「あ～、確かに見方が変わったな」

「うん、変わったねぇ。今日は椿ちゃんも呼んだ甲斐《かい》があったよぉ」

「もう、やめてください……穴があったら入りたい……」

どうやら椿からすればよほど恥ずかしい状況らしく、大和は理由がわからないまま、少し悪いことをしたような気持ちになっていた。

「その、なんかごめん。よかったら、代わりのドリンクを入れてくるよ」

大和としては気を遣ったつもりだが、瑛太と芽衣はやれやれと肩を竦《すく》めてみせる。

「それに比べて倉木は……。変わらないところもあるっつーか、悪化しているというか」

「まあでも、そこが倉木くんの良いところに繋《つな》がっているのかもだし」

「お、語りますなぁ」

「ふふん、ダテに同志はやっていないのですよ。それにわたしも、一途《いちず》に努力する男の子は良いなって思うし」

「はは、倉木も罪な男だな」

「そして二人はなんなんだ……」

意味深に語る二人に対し、大和がジト目を向けるものの、全く気にしていない様子だ。

むしろ生暖かい視線を返されて、大和の方が居心地悪くなってしまった。

そこで芽衣が仕切り直すように、両手をぱんと打つ。

「さて、今日はせっかく椿ちゃんも来てくれたことだし、なんか楽しい話をしよっか！」

「賛成だ！」

「わたしもぜひ！」

今度は大和も椿も、ノリノリで同調してみせる。

「くっ、そういうのを切り出すのは監督の役目だろうに……っ」

「えー、じゃあ新庄くんが言い直していいよ」

「マジか!?　よっしゃ、ワクワクトークしちゃおうぜ！」

「おーっ！」

「お、おー……？」

「めんどくさい奴《やつ》だな……」

それからは互いの近況を中心に、ワクワクトークとやらに花を咲かせた。

そうして窓の外がすっかり暗くなったところで、相談会は終了となり。

駅前で大和が三人にお礼を伝えてから、各々《おのおの》が挨拶を交わして解散となったのだが。

「あのっ」

帰宅しようと大和が背を向けたところで、ふいに呼び止められた。

振り返ると、そこには険しい表情をする椿がいて。

「香坂さん、どうかした？」

心配になった大和が椿の方へと向き直ると、椿は深呼吸をしてから口を開く。

「驚かせてしまってすみません。どうしても、お二人の前では話しづらいことで……」

「なるほど、わかった。どこかに場所を移そうか」

「でしたら夏休みにお話しした公園はどうでしょうか。あそこは人通りも少ないですし」

「そうしようか」

それから大和と椿は、夏休みに二人で話した公園に移動した。

椿の表情からして、内容は椿本人に関するものか、もしくは聖良絡《がら》みの話だろう。

そう考えると、大和の心中には焦《あせ》りにも似た気持ちが生まれる。しかし、こういうときこそ冷静になろうと大和は思い直して、二人分の飲み物を買ってからベンチに向かった。

「はい、どうぞ」

「あ、すみません。お金、払います」

「いいって。わざわざこっちの方まで来てくれたわけだし」

「……では、ありがとうございます」

以前にも似たようなやりとりをしたなと思いつつ、大和は本題に入るよう促す。

「それで、話って何かな？」

「実は、聖良先輩のことなのですが……」

ゾクッと背筋に悪寒《おかん》を感じながら、大和は話の続きを待つ。

「仕事、と言えばいいのでしょうか。最近の聖良先輩は多方面に顔を出して、積極的に活動しているようなんです。それも親族中心というより、おじさま――先輩のお父様が経営している会社のグループと関わりのある、他業種の案件にも顔を出しているようで」

「なるほど……。もうその仕事は始まっているのか？」

「いえ。今はまだ顔見せをしているだけなので、これから本格的に参加する案件を見定めている段階──つまり、下見の段階と思われます」

当然、そんな話は初耳で。大和は必死になって、動揺する気持ちを抑え込んだ。

「白瀬《しらせ》は一体、なにを考えているんだ……？　そんな話、一言も聞いてないぞ」

「やっぱりそうでしたか。先週末に親族が集まる立食パーティーがあったとき、先輩とお会いした際に『大和には内緒で』と言われたものですから」

「それを、香坂さんはどうして俺に話してくれたんだ？」

「それは当然、わたしがこの件を、大和先輩に内緒にしているのが嫌だったからです」

にこやかに告げる椿だったが、その頬は僅かに引き攣《つ》っていた。

「話してくれてありがとう。やっと最近の白瀬の行動の意味が少しはわかった気がする」

「お力になれたならよかったです。それにわたし自身、聖良先輩が昔のような状態に戻ることはすでに望んでいないので」

「そうなのか？　でも、この前のメッセでは白瀬をライバルだって言ってなかったか？」

「──ッ！　そ、それは、その、バレエとはべつの方面でライバルといいますか……まあ、そちらに関しては長い目で見てはいますが……」

椿は言葉の前半を取り乱した様子で、後半の方は消え入るようにぼそぼそと言うものだから、大和は何か悪いことを聞いたのかもしれないと思った。

「よくわからないけど、それならよかった。二人は友達だもんな」

「はい。なので、その友達が困っている状況を見過ごすわけにもいかないと思いまして」

「話はわかった。多分、お盆の会合で父親になにか言われたんだろうな。どうして今の白瀬が父親の言いなりになっているのかはわからないけど、事情があるのは確かだと思う」

「ええ、間違いないでしょうね。それと聖良先輩は現在、以前までの住居だったタワーマンションには暮らしていないようですよ。どうやら都内のビジネスホテルの一室を住まいとしているようです。そちらの方が多方面にアクセスしやすいことが理由かと」

「そ、そうなのか。どうりで夜中になってもいないわけだ」

「夜中にマンションを訪問したんですね」

「うっ……まあ、何度かは」

椿はジト目を向けてきたかと思えば、すぐに優しく微笑《ほほえ》んだ。

「不潔——と言いたいところですが、すでに行動は起こしているようで安心しました」

「軽蔑しないんだな」

「わたしも少しは寛容になりましたので。それに、愛の形は人それぞれですから」

ふふ、と不敵に微笑む椿を見て、大和は少し怖くなった。

「ぐんぐんと成長しているようで何よりだよ……」

「大和先輩の方こそ、今度の文化祭では演劇の主役だなんてすごいじゃないですか。絶対に見に行くので、当日を楽しみにしていますね」

「まあ、期待はほどほどにしといてくれ」

どうやら一通りの話は終わったらしく、椿は立ち上がると手を差し出してくる。

その手を大和が取って立ち上がると、椿は真顔になって言う。

「劇の演目は『白雪姫』、でしたか。皮肉にも、今の聖良先輩には状況的にもぴったりの役柄かもしれませんね」

「……かもな」

大和だって日々、考えてばかりいる。

もしかすると聖良は今、やむを得ない事情から口に出すことができないだけで、本当は心の中で助けを求めているのではないか、と。

さながら、王子の口づけを待つ白雪姫のように——。

公園を出てからは、再び椿を駅前まで送った。

別れ際《ぎわ》、椿は「聖良先輩のこともそうですが、文化祭の劇の方も頑張ってください！」とエールを送ってくれた。

そのエールを受けて、大和はどちらも頑張ろうと、決意を新たにする。

そうして意気込むようにして、大和は帰路に就くのだった。

◇

数日が過ぎ、文化祭の前日となった。

あれから大和は聖良と話すチャンスを窺《うかが》っていたが、なかなかタイミングが摑《つか》めず。

結局はまともに話すことができないまま、本番を間近に控えることになってしまった。

だが、今日こそは——と。

そんな風に考えていた大和は、最後のクラス練習が終わった直後に聖良を呼び止めた。

「あのさ、白瀬」

「ん、なに？」

「もう文化祭の前日だし、最後に二人で通しの練習をしたいんだけど……無理かな？」

これはいわゆる、口実――二人きりになる時間を作るための理由付けである。

とはいえ、劇の本番を明日に控えた状態で、大事な話をする気はない。今日はあくまで、明日の自由時間を一緒に回る約束を取り付けるだけ。大事な話はそこでするつもりだ。

無論、今自由時間を回ろうと誘ってもおそらくオーケーはもらえるだろうし、なんならメッセのやりとりでも問題はないだろうが、それでも念には念をと大和は考えていた。

二人きりの時間を作り、しっかりと誘うタイミングを摑む――という算段だった。

なにより、単純に聖良と一緒に過ごす時間を作れるというメリットがあるので、大和は罪悪感を覚えながらも、そんな頼みごとをしてみたわけだが。

「うん、いいよ。そんなに長くは付き合えないけど」

「助かる。もうみんな帰るだろうし、教室でやろう」

「そうだね」

それから十分ほどで、教室の中は大和と聖良の二人だけになった。

窓からは、夕日が差し込んでいる。

いつの間にか廊下の喧騒《けんそう》が鳴り止《や》んでいて、すっかりひと気がなくなっていた。

机を後方に下げたことで生まれたスペースに、二人は向かい合う。

窓際《まどぎわ》を背にして立つ聖良は、夕日を浴びながら光の粒子を纏《まと》い、ふっと柔らかく微笑んでみせた。

「それで、どこから始める？　最初から通してもいいけど」

涼やかなその瞳に見つめられるだけで、大和の思考はショートする。

こうして彼女と向き合うのは久々な気がして、自分が待ち望んでいたのはこういう機会だったのだと、大和は思い知る。

「綺麗《きれい》だな」

そして唐突に、大和の口からそんな言葉がこぼれていた。

すると、聖良は自らの髪に触れながら、視線を逸《そ》らして恥じらってみせる。

「……ありがと。でも、いきなり言われるとさすがに照れる」

その仕草は大和の知らないもので、思わず動揺してしまう。

「えっと……悪い。つい、思ったことがそのまま口から出たというか」

「べつに、悪くはないけど。びっくりしただけだし」

「そ、そうか。……でも白瀬、なんか変わったか？」

「ん？　また胸の話？」

きょとんとする聖良を見て、ようやく大和は安堵《あんど》する。

その顔は、自分が知っている聖良の表情だったからだ。

「いや、なんでもない。それと、女の子が軽々しく胸の話をするべきじゃないと思うぞ」

「大和が変なことを言うからだよ」

「それは……まあ、悪かったとは思ってるよ」

胸の辺りがざわざわする。

この違和感はなんなのか、大和は動揺しながらも言葉を続ける。

「とりあえず、最初のセリフから付き合ってもらってもいいか？　王子は主役の割に、出番もセリフも少ないし、その方がクライマックスのシーンにも気持ちが乗るからさ」

「わかった」

そうして、初めから通して演技を始めることに。

聖良の感情が乗ったセリフを聞いていると、大和の気持ちも落ち着いてくる。

もう大和の中に焦燥感はない。これも瑛太や芽衣、それに椿のおかげである。

それから白雪姫と王子の初対面のシーンなどを経て、終盤に差し掛かる。横たわる白雪姫のもとへ、王子がやってきて口づけをする場面だ。

並べた机の上に横たわって目を瞑《つぶ》る聖良のもとへ、大和は近づいていく。

間近で彼女の顔を見るだけで、鼓動が速くなるのがわかる。

すでに何度も練習したシーンだが、この瞬間だけは慣れる気がしなかった。

顔を近づけて、重なるように見せかける――いわゆる、キスのフリをすればいいだけだというのに。

ごくり、と大和は生唾を飲んでから、ゆっくりと顔を近づけていく。

今この場には、大和と聖良の二人きり。

その事実を意識してしまった大和は硬直してしまう。

すると、聖良がぱちりと目を開けた。

間近で視線が交差して、大和は驚きに目を見開く。

「「……………」」

互いに言葉はなく、動揺した大和はひとまず離れようと思ったのだが、

「本当にやってみる？」

そこで聖良が、そんな言葉を口にした。

その言葉は淡々としていて、からかっているというよりも、単純に提案をしているだけのように思えた。

この『やってみる？』というのは、頬にキスを、という意味ではないだろう。それくらいは大和にも判別がついている。以前、監督である瑛太には、ノッてきたら頬キスぐらいはしてもいいぞと言われたことがあるが、そういった冗談とも違うはずだ。

ゆえに、大和はおそるおそる返答する。

「そ、そんなこと……白瀬は、いいのか？」

すると、聖良は小さく頷《うなず》いてみせる。

「うん。大和が相手なら、私は嫌じゃないよ。文化祭の劇、いいものにしたいもんね」

聖良の口から、行事ごとをよりよくしたいという意味合いの言葉が出たことにも驚いたが、何よりも大和とのキスが『嫌じゃない』という発言に驚かされた。

そうであれば、大和に拒む理由はない。

言うまでもなく、本能はそれを求めているのだから。

だが、それでも。

「……明日には、どうするか決めておくよ」

「わかった」

そんなやりとりをしてから、大和は身体《からだ》を離す。

この選択は大和にとって、そう簡単に決められるものではなかった。本能だとか理性だとかを整理するには、あまりにも時間が足りていなかったのだ。

明確な答えも出さずに、保留したことを大和は情けなく感じていたが、聖良は気にする素振りも見せずにゆっくりと上体を起こした。

「ああ。悪いな、こっちから頼んだのに中途半端《ちゅうとはんぱ》になって」

「ううん、いいよ」

聖良は先ほどのやりとりの最中、ずっと淡々とした口調のまま、何を考えているのかわからないポーカーフェイスであった。

大和の方はといえば、ずっと高鳴る鼓動がうるさいくらいで、顔を真っ赤にし続けていたというのに。

と、帰り支度をしているところで、聖良が自らの髪に触れていることに気付いた。

それは先ほど照れていたときの仕草と同じものかと思ったが、どうやら机に横たわった際に乱れた髪を整えているだけのようだった。

ゆえに大和は、聖良が自分と同じように何度も照れたりはしないだろうと思い直した。

「帰ろっか」

教室を抜けてから廊下を歩いていると、まだ他クラスの教室にはまばらに生徒が残っていることに気付いた。

熱心に作業に取り組んでいるクラスだったり、全体的にはしゃいでいる生徒ばかりのクラスがあったりと、状況はそれぞれである。二年B組のように、あとは本番を残すだけ、といったクラスは早い段階で解散になるのだが。

ともかく、先ほど大和と聖良が劇の通し練習をしているときは、たまたま周囲が静かなだけだったようだ。それに気付いて、大和は少し恥ずかしくなった。

それから昇降口に着いたところで、先に靴を履き替えた聖良が肩をつついてくる。

「どうかしたか？」

「私、先に帰るね。迎えの車が来てるみたいだから」

「お、おう」

このとき初めて、『迎えの車が来てる』という事情を話してもらえた。

それ自体は喜ばしいことだが、内容はつまり、今日も一緒に下校することはできないというもので、大和は複雑な気分になる。

――と、そこでようやく、大和は本来の目的を思い出した。

「あのさ！」

駆け出した聖良の背に、大きな声で呼びかける。

「なにー？」

足を止めて振り返った聖良も、普段よりかは大きめの声で返答してくる。

「明日の自由時間、一緒に回らないか？　劇の本番が終わった後になると思うけど！」

大和が思いきって誘うと、聖良は一瞬だけきょとんとしてから頷いてみせる。

そんな聖良の反応が意外だったので、弱気になった大和は小声で「べ、べつに、無理にとは言わないけど……」と告げた。

すると、聖良はふっと微笑《ほほえ》んで言う。

「ううん。ただ、元々一緒に回るものだと思ってたから。明日はいっぱい楽しもうね」

「ああ！」

大和が力強く答えると、聖良はひらひらと手を振って去っていった。

その背を見送ってから、大和は小さくガッツポーズを取る。

今も胸が高鳴り続けているのは、聖良と自由時間を一緒に回ることが決まったからなのか、それとも明日の『選択』を意識しているせいなのか、その判断はつきそうにない。

ただ、それでも前に進むことはやめないようにしようと思った。

明日は文化祭、演劇の本番。

聖良のことと演劇、そのどちらに対しても、大和は本気で向き合うつもりだ。

少なくとも、今の大和は気合い十分だった。

三話　聖女さんとの文化祭

文化祭の当日を迎えた。

昨夜の大和《やまと》は緊張するあまり寝付けず、そのまま寝不足状態で家を出た。

学校に近づくにつれて緊張感が高まり、ついに胃痛のようなものまで感じ始めたが、校門の前に着いたところで意識は別のものに持っていかれた。

「なんだこれ、すごいな」

視界に飛び込んできたのは、『青崎祭《あおさきさい》』と銘打たれた巨大な飾りつけで。

それが校門の上に堂々と飾られているのだから、いよいよ文化祭の当日――演劇の本番なのだと意識させられる。

……と、再び演劇を意識したことで、余計に胃が痛み出す。とはいえ、いつまでもこの場に留まっているわけにもいかないので、大和は重い足取りで教室に向かった。

校内を行き交う生徒たちは誰もが浮かれているようで、大和は温度差を感じさせられる。

確かに昨日までは、大和も浮かれ気分になっている部分があった。

だが、それもベッドに入ったところで不安な気持ちに変わった。劇の本番で、大勢の観客を前に失敗してしまうのではないかと、変なプレッシャーが湧き上がってきたのだ。

そんなことを思い返しているうちに、教室に着いたのだが、

「――ワッショーイッ！」

「「「「ウェーイ！」」」」

クラスTシャツ姿で両手を掲げる瑛太《えいた》と、同調するクラスメイトたち。そんなまさにお祭り気分ではしゃぐ光景を見せられて、大和はさらに胃痛が悪化するのを感じた。

しかしそのとき、後ろからぽんと肩を叩《たた》かれて、

「おはよ」

涼やかな声が耳に届くとともに、不思議と大和の胃痛は吹き飛んでいた。

「あ、白瀬《しらせ》か。おはよう」

振り返れば、いつも通りの凜《りん》とした聖良《せいら》が立っていた。

ただ、意外なことに、聖良もクラスTシャツを着ていて。

「白瀬がクラスTシャツを着るなんて、珍しいな」

「環《たまき》さんたちも着るって言うから。大和も着てくるかと思ったんだけど」

「一応、持ってきてはいるよ。新庄《しんじょう》に念押しされたし」

「そうなんだ？　Ｔシャツ持ってきてるなら、更衣室かトイレで着替えてくれば？」

「だな」

聖良は未《いま》だに『新庄』と聞いても誰のことかぴんときていない様子だったが、さすがに瑛太が少し不憫《ふびん》だったので、大和はあえて触れないでおくことにした。

本当に不思議だが、聖良と顔を合わせた途端に体調がよくなってきたので、大和はそのままの勢いでクラスＴシャツに着替えてみた。

着替えを終えてから再び教室に入ったところで、

「お、倉木《くらき》！　早くカモン！」

「あ、ああ」

気づいた瑛太に手招きされて、ようやく大和も文化祭を楽しむ気分になっていた。

短めのＨＲが済んだ後、体育館で文化祭の開会式が行われた。

そこではオープニングセレモニーと称して、ダンス部のパフォーマンスが披露され、生徒たちは大盛り上がりする。

そして、都立青崎高校の文化祭――『青崎祭』がスタートした。

青崎祭は例年、一日限りの開催だ。

けれどそのぶん、力が入っていることで有名である。

各クラスの出し物もそうだが、文化系の部活動がそれぞれ集大成となる成果物を披露する場であり、コンクール入賞の常連である吹奏楽部を筆頭に、校内各所ではひっきりなしに何かしらのイベントが行われている。その他にも、外部関連ではその年の上半期にホットだった芸能人を招いての講演会なども行われることから、例年多くの来校者が訪れ、大いに賑《にぎ》わっていた。

今年も例にもれず、人気歌手と大物インフルエンサーの対談イベントが予定されていることから、盛況することはまず間違いなかった。

だが、大和たち二年B組の生徒たちはそれらのイベントを楽しむよりもまず、自分たちの出し物の前準備に追われていた。

演劇は体育館にて昼過ぎに開演予定なので、まだ少し猶予はあるはずなのだが。

「ちょっとー！　ここにあった木のパネル知らない？」

「暗幕、他のクラスに貸しちゃった……」

「大道具の人は打ち合わせするって言ったじゃん」

「誰か責任者ー！　実行委員と新庄くんはどこいったのー⁉」

……等々、とにかく教室の中は大騒ぎ。一応、先日のうちに全体としての確認作業は済ませておいたはずだが、それでも想定外の事態が起きることはままあるらしい。

そして本日の主役の一人である大和はといえば、カーテンで仕切られた教室の隅で芽衣《めい》と聖良に化粧を施されていた。

男子とはいえ、王子役ともなれば化粧をするのが当然――というのが、大多数のクラスメイト（女子）の意見だったようで、大和は半ば強引に受け入れさせられたのだ。

椅子に座ったままほとんど身動きをすることも許されず、アイラインやファンデーションなどを顔に使用されながら、大和はしばらくの間そわそわとした気持ちでいたのだが。

「――完成」

「できた～っ」

十分ほどが経過したところで、どうやら完成したらしい。

思ったよりも早い完成に、大和はおそるおそる手鏡を見てみたのだが。

「おぉ……これ、本当に俺の顔か？」

その出来栄《できば》えは素人目《しろうとめ》には素晴らしく映り、大和は自分が自分じゃないと思うくらいには見違えたように思えた。

「いいでしょ。これがわたしたちの実力です、えっへん」

「ほとんど白瀬がやっていた気もするけどな」

「ひど～い。そんなこと言うなら、もうやってあげないからね！」

ぷんすかむくれる芽衣はやはり可愛《かわい》い。つい、からかってしまいたくなるほどだ。

とはいえ、精一杯やってくれたことには大和も感謝していた。

「悪かったよ、ありがとな。それに、白瀬も」

「うん。良い感じだね、可愛いよ」

「……可愛い、ね」

そこはお世辞でも『かっこいい』と言ってほしかった大和が露骨に落ち込んでいると、それを見た芽衣がハッとして、聖良に何やら耳打ちする。

「──あ、うん。確かに、かっこよくもあるね」

芽衣が何を伝えたのかはわからないが、聖良はそれほど気遣った様子もなく口にする。

いくら芽衣に頼まれたとしても、聖良は全く思っていないことを口にはしないだろう。

そのため、ここは素直に褒め言葉として受け取っておくことにした。

「どうも。これで少しは、王子役の衣装を着る抵抗感が薄まるよ」

「ならよかったよ～。ね、聖女さん」

「だね」

芽衣と聖良は笑い合ってハイタッチをする。

春頃に比べれば、この二人もずいぶんと仲が良くなったように見える。初めは緊張から様子が変だった芽衣も、最近は割と自然に聖良と接することができるようになった――かと思ったが、現在芽衣は先ほどハイタッチをした右手を眺めてニヤついているので、やっぱりそうでもないかもしれないと大和は思い直した。

「おーい、差し入れ持ってきたぞー。――って、良い感じじゃんか！」

そこで瑛太が出店の食べ物を両手に抱えて入ってきたかと思えば、大和の顔をまじまじと見ながら感心し始めた。

照れくさくなった大和は片手で顔を隠しながら、「これも二人のおかげだよ」と言う。

「それと、もうすぐ開演時間だからよ。これを食べ終わったら衣装に着替えて、舞台裏に集合してくれ」

「わかった、ありがとう」

焼きそばにチョコバナナなど、せっかくいろいろな食べ物を用意してくれていたが、どれも緊張のせいで喉を通る気がせず、大和は飲み物だけを口にした。聖良や芽衣は手当たり次第、味見をするように食べまくっていたが。

それから更衣室で大和は王子役の衣装に、聖良は白雪姫の衣装――といっても初めは継《つ》ぎ接《は》ぎだらけのボロボロなワンピースの衣装に着替えを済ませる。

騒がしくしていた他の作業もひと通り済んだようで、どこもかしこも準備万端のようだ。

それから各自、体育館の舞台袖へと移動することに。

館内に入ると、ちょうど軽音楽部のステージが終了したところだった。

それと同時に、もうじき二年B組の演劇が開演する旨《むね》の放送が校内に流れた。

幕が下りた舞台上には、大道具や小道具のセットが用意されていく。

自分も何か手伝った方がいいかと大和は思ったが、他のクラスメイトたちから本番に備えて休んでいてほしいと言われたので、セットが組み上がる様子を遠目に眺めていた。

そうして本番まで五分前となり。

監督の瑛太主導の下、舞台袖に集まった十数名の生徒たちで、円陣を組むことになった。

本日のもう一人の主役である白雪姫役の聖良も、大和と芽衣と肩を組むと、どこか気合いが入った面持ちになったように見えた。

「よーし、みんな！　今日はこれまでの集大成だ！　良い劇にしようぜ！」

「「「「おーっ！」」」」

一致団結して掛け声を発して。

いよいよ二年B組の演劇――『白雪姫』がスタートした。

幕が上がり、ボロボロのワンピースを着た聖良——白雪姫が舞台上に現れると、観客たちは息を呑《の》んだ。

みすぼらしい衣装であろうと、その姿は可憐《かれん》で美しい。そして少女らしいお転婆な一面は、見る者を魅了した。

そして、大和の出番が回ってくる。心臓が物凄《ものすご》い勢いで高鳴っているが、すでに聖良が舞台上にいるからか、とっくに覚悟は決まっていた。

大和——王子は青色を基調とした派手で貴公子然とした衣装に身を包み、舞台上に足を踏み出す。

瞬間、館内が少しざわめいた気がした。横目にちらと見ると、すでに会場は満員。立ち見の者も大勢いるようだった。

ごくり、と生唾を飲んでから、白雪姫の方を見遣《みや》る。

「——やっと出会えた、運命の君に」

そんなセリフを大和が口にすると、館内は再びざわめくのだった——。

物語は進行していき、魔女や鏡、小人に狩人《かりゅうど》など馴染《なじ》みのキャストが次々に登場する。

脚本担当の芽衣の影響で、王子役の出番もなかなかに多くなっているのだが、大和はなんとかセリフを噛《か》まずに演じ続けていた。

この頃には聖良——白雪姫もドレス姿に様変わりしていて。見慣れているはずのクラスメイトたちも、その気品ある佇《たたず》まいに思わず息を呑む。優雅で可憐、それでいてどこか抜けている可愛らしさのある白雪姫の姿は、普段の聖良と少し重なる部分がある気がした。

「——私の願いは、いつか王子様が私を連れていって、ともに幸せに暮らすことです」

白雪姫が憂いげな表情を浮かべながら、そう一途《いちず》に王子への恋心を語ると、館内は静寂に包まれた。観客は皆、彼女のその言葉に聞き入っているようだった。

恋を知らないはずの彼女は、一体どういった心境で情熱的な言葉を口にしているのか。以前に、海外の舞台作品を参考にしていると聞いたことはあるが、それだけで真に迫った演技ができるものなのか。いずれにせよ、大和には到底理解できないものに思えた。

そうして、クライマックスへ。

魔女の策略により毒リンゴを口にした白雪姫が倒れてしまい、そこに王子が駆けつける場面である。

小人たちに見守られる棺《ひつぎ》の中には、すでに両目を瞑《つぶ》って横たわる白雪姫の姿があった。

王子である大和は震える拳をぎゅっと握りしめて、舞台上に進み出る。

観客からの期待の眼差《まなざ》しを感じる。

これは間違いなく、最後の見せ場――『キスシーン』に対する期待だろう。

終わりよければ全てよしという言葉があるが、つまりは終わりが失敗すれば全て台無しになるということでは？……などと、考えるだけ無駄なことが大和の頭に思い浮かぶ。

『……明日には、どうするか決めておくよ』

昨日、聖良と二人きりで練習した際にはそんなことを口にしたが、この期に及んでもまだ、大和はどうするか決めきることができずにいた。

そうこう考えるうちに棺への距離は縮まっていき、すぐに白雪姫のもとへと到着した。

ドクン、ドクン、と鼓動が早鐘のように脈打つ。もう考える猶予はない。

決意した王子は膝をつき、眠りにつく白雪姫のその美しい唇に――キスをするように、顔を重ねてみせた。

それは台本通りの、『キスをするフリ』だった。

それでも白雪姫は、ゆっくりと目を覚ます。

そしてただ、うたた寝をしていたかのように、優雅に伸びをしてから王子を見据える。

王子が手を差し出すと、白雪姫はその手を取って立ち上がる。そのまま小人たちに見送られながら、二人が歩き出したところで、劇はエンディングを迎えた――。

終幕後は、観客から大きな拍手が送られた。

キャストが檀上《だんじょう》に揃《そろ》って一礼すると、拍手と喝采が館内を満たしていく。

二年Ｂ組の演劇『白雪姫』は、こうして無事に大成功を収めることができたのだった。

舞台袖にキャストが下がってからは、監督の瑛太が拍手を送ってくる。

「みんなおつかれ！　最高だったぜ！　これでベストパフォーマンス賞はうちがいただきだな！」

「そんなものを狙っていたのか……」

大和が呆《あき》れながら言うと、周囲から笑いが起きる。

中には達成感のあまり泣いている者もいて、それを見たことで、大和もようやく劇が終わったのだと実感できた気がした。確かな手応えと、達成感も生まれていた。

ただ、大和の心の中にはモヤモヤとしたものも残っていて……。

「にしても最後のキスシーンは、倉木がマジでするんじゃないかってドキドキしたよな」

セットの片付けが始まったところで、クラスメイトの一人がそんなことを言い、大和は思わずビクッとした。

「それなー」

「でも実際にやったら、お客さんの反応がどうなってたのか予想もつかないよね～」

「はは、確かに。まあつまり、倉木も聖女さんもグッジョブってことだな！」

そんな風に他のクラスメイトは同調しながら、大和に対して賛辞の言葉を向けてくる。

だが、あのときの大和はキスをしなかったのではない。

正確には、『できなかった』のだ。

あそこで本当にキスをすることはもちろん考えた。もしかしたら聖良の言う通り、この劇のクオリティアップに繋《つな》がり、あるいは伝説的なものになっていたかもしれない。

ただ、もしもあの場面で大和が白雪姫に――聖良にキスをするとしたら、それは断じて劇の完成度のためではない。

単なる私情、完全に個人的な欲求によるものが理由だと断言することができた。

では、その私情という面で覚悟が決まっていたかといえば、それも否《いな》である。つまりは、とにかく中途半端《ちゅうとはんぱ》な状態であった。

ゆえに、大和はキスをすることができなかった。しないことを選んだというより、そうすることができなかったと表現するのが正しいのだ。

少し離れた位置で女子に囲まれている白雪姫――聖良を見遣ると、普段通り淡々と対応していた。特にキスシーンのことを気にしているようには見えない。

と、そこで大和の視線に気づいた聖良が、手を振りながら近づいてきた。

「ねぇ、このあと一緒に回るんだよね？」

自由時間の話だろう。もちろん大和もそのつもりだが、今はなんとなく気まずい。

「お、おう」

「じゃ、着替えたら教室の前で落ち合おっか。化粧とか直すから、ちょっと時間がかかるかもだけど」

「ああ、全然いいよ。急ぐ必要もないからな」

「ありがと。それじゃ、また後でね」

そう言いながら手を振って、聖良は去っていく。

そこで気付いたのだが、瑛太と芽衣が遠目にこちらを見ていて――どころか、ほとんどのクラスメイトが今のやりとりを見ていたらしく、揃ってグーサインを向けてくる。

「はぁ……だから、そんなんじゃないってのに」

照れ隠しをするのも億劫《おっくう》で、大和は仕方なくグーサインを返してから、更衣室に向かう。

その最中、すれ違う生徒たちから何度か声をかけられた。どれも劇の出来栄《できば》えを褒め称《たた》えるもので、それがすごく誇らしく思えた。

（こういうのも悪くないな）

柄にもなく大和は優越感に浸りながら、着替えを始めた。

◇

午後二時過ぎ。

クラスTシャツに着替えた大和は、事前に芽衣から貰《もら》っていたメイク落としですっかり元通りとなり、二年B組の教室の前で聖良を待っていた——のだが。

「あの、倉木先輩ですよね？」

これで何人目だろうか。一年生と思われる女子生徒三人組に声をかけられて、大和は愛《あい》想笑《そわら》いを浮かべながら「そうだけど」と言葉を返した。

女子生徒たちは「きゃーっ」とはしゃぐように声を揃えてから、一緒に写真を撮ってほしいと頼んでくる。先ほどの演劇を見たらしく、かっこよかったとまで言われた。どうやらこれが、俗に言う文化祭マジックというものらしい。

半ばたじたじになりながらも大和は一緒に写真を撮り、ついでに連絡先まで交換させられると、女子生徒たちは満足そうに去っていった。

「はぁ……」

大和が本日何度目かになるため息をこぼしたところで、

「あの、大和先輩ですよね？」

聞き覚えのある声で呼ばれたので、大和はぎょっとしながら振り返った。

するとやはり、そこにはセーラー服姿の椿《つばき》が立っていて。

「お、おう、来てくれたんだな」

「ええ、こんにちは。先ほどはずいぶんとおモテになっていたようですが、もしやあれが大和先輩にとっては日常茶飯事なのでしょうか？」

なぜだか言葉の端々に棘《とげ》を感じて、大和は気圧《けお》されながらも首を左右に振ってみせる。

「そんなわけないだろ。さっきのは俺が文化祭の劇で王子役をやったからってだけだよ」

「そうでしたか、それは安心しました。――劇はわたしも拝見しましたが、なかなかの出来でしたね。大和先輩も堂々としていましたし、何より聖良先輩の美しさが際立《きわだ》つ舞台でした」

どうしてそれで椿が安心するのかは疑問だったが、なかなかと言う割には目を輝かせて語っているし、ともかく劇を楽しんでもらえたようで何よりである。

「そう言ってもらえると嬉《うれ》しいよ。白瀬も、もう少ししたら来ると思うんだけど」

「いえ、聖良先輩とは昼前にお会いしましたし、そろそろわたしはお暇《いとま》するつもりです」

「そうなのか？」

「はい。お二人の文化祭デートを邪魔するのも悪いですし」

「デ、デートって、あのな……」

「違うんですか？」

「違う……とは言えないけど、そうとも言い切れないというか……」

「ふふ、こういうところは変わらないですね」

相変わらず、笑ったときの椿の可愛《かわい》らしさはとんでもない破壊力を秘めている。現に、周囲の誰もが視線を向けてくる。

「まあ帰るなら、寄り道せずに帰るんだぞ。一人で校内を回ると危ないからな」

「なんですか、いきなり。やっぱり父親みたいなことを言うんですね」

「なんとでも言え。ったく、失礼な後輩だ」

ふてくされる大和を見て、椿はなおも微笑《ほほえ》んでいる。

「ですが、ご心配には及びません。これから芽衣ちゃんが校内を案内してくれるらしいですし、まだもう少し残っているつもりなので」

「いや、それはそれで余計に心配なんだが」

芽衣と椿が並んで歩けば、それこそ大目立ちして、ナンパの類に声をかけられるのは火を見るより明らかだ。できれば男子の一人や二人、ナンパ除《よ》けに連れて歩いてもらえると、大和としても安心できるのだが。

「やっぱり、俺と白瀬も一緒に回るか……。あとは新庄辺りも呼んだりして」

「ですから、それは結構ですって。もう、先輩は心配症ですね。新庄さんを呼び出す件は芽衣ちゃんに頼んでおきます。――これでいいですか？」

椿は意地でも大和たちと一緒に行動するつもりはないらしく、これ以上は怒らせてしまうかもしれないと思い、大和は渋々納得する。

「まあ、それならいいけどさ。というか、この前も思ったけど、環さんとだいぶ仲が良いよな。もう下の名前で呼び合ってるし」

「ええ。割と頻繁に連絡も取っていますし、休日には何度かお買い物にも連れていってもらっているので、仲良しですよ」

「お、おう、それは何よりだ」

椿と芽衣は大和が予想していたよりも、遥《はる》かに親睦を深めていたらしい。まさか休日に遊ぶほどとは思ってもいなかった。

「でもその割に、先輩呼びはしていないいんだな？」

「芽衣ちゃんはなんというか、先輩というよりも妹といった感じなので。とっても可愛いですし、その方が芽衣ちゃんも嬉しいそうです」

「へ、へぇ……」

さらっと失礼なような気もしたが、父親扱いされるよりはマシかと思い直した。

と、そこで椿が唐突に真顔になって、

「ところで、劇の話に戻るのですが、最後のアレってフリですか？」

「最後のアレというと、キスシーンのことか？」

「ええ、まあ、そのことです……」

椿は頬をほんのりと赤らめて、照れくさそうに視線を逸《そ》らした。

普段は大和も言いよどむ側なのだが、自分よりも恥ずかしがる相手を前にすると、なぜだか堂々と口にできていた。

「それはもちろん。見る角度によってはわかりづらかったかもしれないけど、ただ顔が重なって見えるように動いただけだよ」

「ふぅ、そうですか。――いえ、そうだとは思いましたけど！」

「はは……まさか、本当にするわけないだろ」

「え〜、でもする気はあったんじゃない？」

そのとき、これまた聞き覚えのある声が耳に届く。

大和と椿が揃《そろ》って振り返ると、そこにはタイトなパンツスーツを着こなす女性――聖良の姉・礼香《れいか》が立っていた。

「やっほー、二人とも久しぶり。大和くんと会うのは五月以来になるのかな」

「えっと、その節はどうも。いらっしゃっていたんですね」

「まあ、大事な妹の晴れ舞台みたいだしね」

さも当然のように語る礼香に対し、椿がジト目を向ける。

「とか言って、本人には内緒にしているんじゃないですか？　本当に、こういうところは姉妹そっくりなんですから」

「おー、椿ちゃんは相変わらず鋭いわね」

「感心する前に、それくらいは本人に伝えてあげてくださいよ」

大和も便乗する形で責めてみたのだが、礼香は動揺する素振りも見せない。

「これでも親切心から黙っておいたのよ？　だってお姉ちゃんが来るってわかったら、あの子も緊張してしまうでしょ」

「「いや、それはないでしょう」」

「二人とも息ぴったりで仲良いわね～。もしかして、こっちが付き合ってるの？」

「もうっ、そういう冷やかしを軽率にしないでください！」

明らかに礼香は冗談めいた調子で話しているが、椿はぷんぷんとむくれている。

すぐさま椿が食ってかかったものだから、大和は注意する機を逃していた。

そのぶん大和は冷静になって、わざわざ礼香が来校した目的を尋ねることにする。

「それで、今日はどういった目的で来校したんですか？　まさか、本当に劇を見に来ただけ、というわけでもないんですよね？」

表情を引き締めて尋ねると、礼香はふっと微笑んでみせる。

「大和くんも鋭くなったのね。お姉さん、警戒されているみたいでちょっぴり寂しいわ」

「おかげさまで。——最近の白瀬の状況と何か関係があるんですか？」

さらに大和が踏み込むと、礼香は愉快そうに笑みを深めた。

「ふ～ん、その調子だとまだ聞いていないのね」

「どういうことですか？」

「いいえ、こっちの話よ。でも、これだと望み薄かな。椿ちゃんは聞いているのよね？」

「………………」

沈黙は時として、肯定の意と捉えることもできる。

少なくとも、現状の椿はそれに当てはまるように思えた。判断材料の一つとして、椿は気まずそうに大和と視線を合わせないようにしていた。

だが、大和に椿を責めるつもりは毛頭ない。それに、こんなことでいちいち取り乱すわけにはいかない。ふぅと息を吐いて、冷静になった大和は平然と返答する。

「……白瀬のことなら、白瀬本人から聞くので安心してください」

「そう、大和くんも本当に成長したわね。それじゃあ、わたしはそろそろ帰ろうかな」

「もうじき白瀬が来ると思うんですが、会っていかなくていいんですか？」

「ええ。その代わりと言ってはなんだけど、セイちゃんには素晴らしい演技だったと伝えておいてもらえるかな？　大和くんでも、椿ちゃんでも構わないんだけど」

そこで大和と椿は顔を見合わせてから、再度礼香の方に向き直って、

「「お断りします、あとで本人に伝えてあげてください」」

にこやかに、有無を言わさぬ語調で言い切った。

「ちぇ～。やっぱり君たち、だいぶ仲良いでしょ。——ま、せいぜい輝かしい学生生活を楽しんで。それじゃあね」

最後はやたらと先輩風を吹かせてから、礼香はひらひらと手を振って去っていった。

「「……はぁ」」

大和と椿は同時にため息をついてから、顔を見合わせて笑う。

お互いの共通点として、礼香を苦手としていることを察したからだ。

「ひとまずは一難去ったようですし、わたしもそろそろ行きますね」

「その前に、礼香さんがはぐらかしていた話については、やっぱり香坂《こうさか》さんの方からも話しづらいことなのかな？」

「えっと……その、すみません」

本当に申し訳なさそうに、椿は視線を泳がせながら謝罪をしてくる。

やはりどうやら、聖良本人に聞く他ないようだ。

「そっか。まあ礼香さんにああやって啖呵《たんか》を切った手前、どうせ白瀬本人には聞くつもりだったし、気にしないでいいから」

「はい、ありがとうございます」

椿は微笑んでみせたが、その笑顔はどこか無理をしているように見えた。

「引き留めて悪かったな。それじゃ、文化祭を楽しんでくれ」

「はい、そちらも。では、また」

律儀《りちぎ》に一礼をしてから、椿は足早に去っていった。

椿と別れたその後、五分ほどで聖良がやってきた。

再びクラスTシャツ姿に戻っており、化粧も白雪姫モードから、いつものナチュラルメイクに直されている。

「ごめん、だいぶ遅くなっちゃった」

「いや、全然いいよ。それじゃあ、行こうか」

「うん。お腹《なか》空いた～」

「開演前に結構食べていたのにな……まあ、まずは出店だな」

「賛成～」

そうして、大和と聖良の自由時間――文化祭デートが始まった。

まずは聖良の要望通りに腹ごしらえということで、文化祭のパンフレットを参考にしながら、食べ物関連の出店を展開しているクラスを回っていく。

たこ焼きやクレープに焼きそば、その他にもスープパスタなんかがあったりして、バラエティー豊かなメニューに聖良もご満悦の様子。

やはり聖良と一緒にいるのは目立つようで、廊下を歩くだけでも来校者の注目を集めていたが、大和はできるだけ堂々と歩くことを意識した。

ひと通り回ってから、テラスのベンチに座って成果物を頬張る聖良を見ていると、大和の方まで満腹指数が増加していく気がした。

――と、そこで聖良の口元を眺めていたら、劇中のキスシーンのことが頭をよぎった。

（いやいや、白瀬はもう気にしていないだろ。こっちも早く気持ちを切り替えないとな）

そんな風に考えていたら、視線に気づいた聖良が小首を傾《かし》げてみせる。

「どうかした？」

「いや、その、ほんとによく食べるなと思って」

「どれも結構いけるよ」

「そうか？　出来はイマイチな物も多かった気がするけどな。このたこ焼きなんか、タコじゃなくてかまぼこが入っていたし」

「なら、美味《おい》しく感じるのは文化祭の雰囲気のおかげかな。あとは、大和と一緒に食べてるからだね」

やはり聖良の感想はどこまでも真《ま》っ直《す》ぐで、野球でたとえるなら剛速球のストレート。聞いている方まで清々《すがすが》しい気持ちになる。

「お、おう。言われてみれば、このクレープは結構いけるかもしれないな」

だからか、大和もつられてそんな風に言う。実際のところ、先ほどよりも幾分か美味しく感じた。……舌がこれらの味に慣れてきただけかもしれないが。

「でしょ。やっぱり食事って、シチュエーションとかも大事だよね」

そう語る聖良の表情は、なぜだか険しいものに思えて。

ゆえに、大和は話題を変えることにした。

「そういえば、さっきお姉さんが来ていたぞ」

それとなく話題に出すと、聖良は特に驚くことなく「ふーん」と答えただけだった。

「全然興味がなさそうだな……」

「まあね」

「一応伝えておくけど、劇のことを褒めていたぞ。まあ、詳しくは本人に聞いてもらえればと思うけど」

「ん、わかった」

聖良はそんなことよりも食べる方に夢中だとばかりに、スープパスタにがっついている。

「ほんとに適当だな……。それと、香坂さんも顔を出してくれてさ」

そこで聖良は手を止めて顔を上げると、ふっと微笑《ほほえ》んでみせる。

「私も椿とはお昼に会ったよ。劇の前だったから、頑張れって言われた」

「ああ、聞いたよ。劇、なかなかの出来だったってさ。香坂さんらしい褒め方だよな」

「うん、それは椿にとって最大級の褒め言葉だね」

「だな」

（にしても、お姉さんのときとはえらく反応が違うな……）

少し礼香のことが不憫《ふびん》になりながらも、大和はさらに話題を転換させようとする。

「それで、成り行きから三人で話すことになったんだけど——」

「——よし、食べ終わった」

そこで聖良の腹ごしらえは完了したらしく、勢いよく立ち上がってみせる。

気になることを話すタイミングを逸してしまったが、大和も気を取り直して席を立つ。

「それじゃ、次は展示物でも見て回るか？」

「うん、全部見て回りたい」

「もう三時過ぎだし、全部は時間的に厳しくないか？」

「いけるって。時間がないなら急ご」

そう言って、聖良が手を引いてくる。

やれやれ、と大和は呆《あき》れてみせながらも、胸は高鳴り出していた。

それから大和と聖良はお化け屋敷《やしき》や射的屋、それにプラネタリウムなど、多種多様な出し物を回っていく。

ひと休みしようと入ったメイド喫茶では、店員が着用するメイド服のディテールが思いのほかに凝っていて、やはり力の入ったクラスはあるものだと感心させられた。

その後は文化系の展示物を見て、習字や華道の体験コーナーにも挑戦することに。聖良が部員もびっくりの実力を発揮して一時は大騒ぎになったが、概《おおむ》ね楽しむことができた。

「ふー、楽しかったね」

「ああ、結構疲れたけどな」

そんなやりとりをしながら、三階の廊下を歩いていると、前方から見知った相手が手を振ってくるのが見えた。

「おーい二人ともー、久しぶりー」

黒髪をポニーテールにした真面目そうな女子生徒——柳《やなぎ》が、そのままこちらに駆け寄ってくる。その手には大量のイカ焼き串が握られていた。

「あ、どうも。お久しぶりです」

「ん？」

挨拶を返す大和を見て、聖良が不思議そうに小首を傾げる。……どうやら彼女は、柳の顔を覚えていないらしい。

ぎょっとした大和は、すぐさま聖良に耳打ちする。

「(三年の柳先輩だよ、応援団でお世話になった)」

「あー、団長だっけ」

「白瀬ちゃんはひどいなー、もう忘れられちゃったかー」

「すみません、今思い出しました」

「あはは、まあいいけどね」

少し先に見える三年の教室の前には、柳とともに応援団長をしていた高尾《たかお》の姿があった。

今はクラスメイトと談笑しており、こちらには気付いていないようだ。

「高尾先輩にも、挨拶をしとかないといけませんね」

「いいってそんなの。倉木くんは律儀だね～、てかお堅い！　あ、イカ焼き串食べる？」

「いえ、遠慮しておきます。そういう柳先輩は、なんだか前よりもフランクな気が……」

フランク、というより軽い。体育祭の打ち上げの帰りにもテンションがおかしいときがあったが、そのときとも違い、物腰が柔らかくなっているような気がした。

「あー、受験が終わったからかな。と言っても、推薦なんだけどね」

「そうだったんですか。おめでとうございます」

「ありがと。──で、そっちはデートの最中だったのかな？　邪魔したなら悪かったね」

「いえ、そんな。ここは三階ですし」

基本的に三年生の教室が多く並んでいるここ三階は、三年生の階という認識がある。それは二年生の教室がほとんどの二階や、一年生の教室が並ぶ一階にも言えることだが。

つまり三年生からすればこの階こそがホームであり、そこを文化祭中とはいえ通行していた大和たちが、文句を言う道理はないように感じていた。

もっとも、聖良や柳はその辺りのことを気にしているようには見えないが。

「あはは、本当に倉木くんは律儀だな。でも、デートってところは否定しないんだね？」

「あのですね……」

「団長たちはデートしないんですか？」

そこで唐突に直球を返したのは聖良だった。

つい先ほどまではその存在すら忘れていたというのに、興味なさそうに口数を減らしていたかと思えば、いきなり流れを気にせず口にできるところはさすがである。

その思わぬ介入に、柳は一瞬だけきょとんとしてから、すぐさま微笑んでみせた。

「しないよ。団長たちってことは、相手は高尾くんのことを言っているんだよね？　それなら彼、もう他に恋人ができてるし」

「えっ、そうなんですか」

驚いた大和が目を丸くしていると、柳は吹き出すようにして笑う。

「いやさぁ、もう十月だよ？　体育祭って六月でしょ。四ヶ月も経《た》ってれば、新しい恋の一つや二つ、してもおかしくないって。むしろ君たちみたいな方が珍しいと思うけどな」

「そ、それは……」

返答に困る大和に対し、柳は値踏みをするようにして視線を向けてくる。

「その点わたしはほら、受験が終わって肩の荷が下りたーって感じだし、恋愛とかしてみてもいいかなーって思ったりもしてさ。どうかな、倉木くんは立候補する気とかない？」

「えっ……──はっ⁉」

事態が飲み込めずに動揺する大和のもとへ、柳がグイグイと詰め寄る。

「これでもわたし、結構モテるんだよ？　環ちゃんとかには敵《かな》わないけど、案外着やせするタイプだしさぁ」

「いや、あの……」

（──これって、もしかしなくても告白されてるよな⁉）

人生初の告白（？）を受けて、大和はひたすらに困惑していた。

忘れてはならないのは、今は隣に聖良がいるということだ。大和の知る彼女であれば、こんなことにも動じずに、欠伸《あくび》の一つでもしているだろうが──

「…………」

そう思って隣を見遣《みや》ったのだが、聖良は真顔でじっと見つめてきていた。

この顔は……何を考えているのか、さっぱり読み取れない。だが、大和が予想していた反応とは大きく異なる。これではまるで、今の話題に興味があるようではないか。

先ほどから聖良が何も言わないのはなぜなのか、それもよくわからないが……ともかく、機嫌がよくないのは確かであった。少なくとも、助けを求められる雰囲気ではない。

「——なーんてねっ。あんまり後輩をからかうのはよくないね」

と、そこで柳はそう言ってからウインクを飛ばし、一歩ぶん距離を取る。

「はぁ……まったくですよ。心臓に悪いです」

冗談だとわかって、大和はホッと胸を撫《な》で下《お》ろす。

「ごめんごめん、ついね」

そのとき、柳がちらと聖良の方を見遣った。

つられて大和まで聖良の方を見ると、すでに視線を窓の外へと向けていた。

そこで、柳がつんつんと大和の肩をつついてくる。

「お詫《わ》びに、うちのイカ焼き串をごちそうするよ。出来立てをあげるから教室においで」

「いや、さっきも言いましたけど、俺は満腹で——」

「でも彼女の方は、そうでもないいんじゃない？」

「え？」

もう一度隣を見ると、聖良と目が合い、うんうんと頷《うなず》いてきた。

どうやら今は、イカ焼き串に興味があるらしい。

「……じゃあ、お言葉に甘えて」

「よろしい。ついてきて」

それから柳に案内されるまま、三年D組のイカ焼き串屋に入店する。

実はすでに、大和と聖良はこの店のイカ焼き串を一度食べているのだが、聖良がまた食べたいようだったので、ごちそうしてもらうことにした。

「お、倉木と白瀬じゃないか！　よく来てくれたな！」

教室に入るなり、白組の応援団長を務めた高尾が声をかけてきた。筋骨隆々としてシャツを腕まくりした姿が似合っているが、髪は以前の茶髪ではなく黒染めされている。

どうやらこの出店は柳のクラスであるD組と、高尾が所属するE組が共同で運営しているらしい。三年生は受験があるので、このようにクラスを合同にして、準備の負担を減らす方法を取ることも可能なのだとか。

「どうも、お久しぶりです」

「どうも」

揃《そろ》って会釈《えしゃく》をする大和たちを見て、高尾は感心した様子で頷いてみせる。

「それにしても、お前たちの演劇はすごかったな！　オレはああいうものを普段見ないから、とても新鮮だったし、最後はじんときたぞ」

「そう言っていただけると嬉《うれ》しいです。ちょっと恥ずかしいですけど、頑張った甲斐《かい》がありました」

「ていうか高尾くん、最後はがっつり泣いてたじゃない」

「お、おい柳、あんまり後輩の前で情けないところを暴露しないでくれよ！」

大和としては意外なことに、高尾と柳は以前と同じく仲の良い友人に見えた。

高尾に彼女ができたことで、柳とは距離が生まれているのではと心配していたが、それも杞憂《きゆう》だったらしい。

なおも高尾は興奮ぎみになって話す。

「素人《しろうと》の意見だが、白瀬は本当に舞台映えするよな。オレの彼女が君のファンらしくて、あの後すぐ、君の魅力について熱心に語られたよ」

「それはどうも。ここのイカ焼き串も、すごく美味《おい》しいですよ。出来立ては特に」

「はは、そうか！　なら、好きなだけ食べていってくれ！　ノルマのぶんは売り切ったから、残ったぶんはクラスのみんなで食べることになるしな」

「そういうことなら、任せてください」

どうやら聖良は高尾との再会よりも、『好きなだけ食べていい』と言われたイカ焼き串の方に興味が向いているようだ。閉店間際《まぎわ》に寄ったのが幸いしたようで何よりである。

その様子を、大和は窓際《まどぎわ》で遠目に見ていたのだが、

「よっこいしょ、と」

そこで柳が隣に腰を下ろしてきた。先ほど冗談とはいえ、告白まがいのことをしてきた相手なので、大和は微妙に緊張してしまう。

「そう構えなくていいよ、ああいうことはもうしないから」

「そうですか」

ホッとした大和を見て、柳は不敵な笑みを浮かべる。

「それで？　あれから進展した？」

「ごほっ、ごほっ……いきなりなんですか」

本当にいきなりだったので、思わずむせてしまった。

というのに、なおも柳は愉快そうに続ける。

「さっきも言ったけど、体育祭の頃から結構時間が経ったじゃない？　で、君の方はどうなのかなと思って」

「俺、ですか」

「そう。君自身が今、白瀬ちゃんをどう思っているのか。その辺りが気になってさ」

普段の大和であれば、『俺たちはそういうのじゃない』とだけ答えるだろう。

ただ、今日は文化祭で、いろいろなことがあった後だ。

それに、今日はまだ聖良と話したいことが残っているわけで。

「……前よりも、意識をしているのは確かです」

ゆえに、そんな状況が大和の気持ちを少しだけ吐露させた。相手が芽衣や椿と違って、自分や聖良と遠い関係にあるのも影響したのかもしれない。

「へぇ。話してくれたのは意外だったな」

「先輩もこの前、本音を話してくれましたし」

「あはは、そんなこともあったな。友達のままでいた方が楽〜、ってやつだよね」

「はい、それです」

あのときの言葉は、今でも時々思い出すことがある。

聞いた当時は衝撃を受けて、その意味を咀嚼《そしゃく》するのに時間がかかったものだ。

今でもまだ、大和があの言葉の意味合いを十分に理解できているかは微妙なところだが、それでも共感できる部分はある。

「我慢ができなくなりそうなら、やめておいた方がいいよ」

ぽつりと、柳が呟《つぶや》くように言う。

その言葉の意味を大和が理解する前に、柳は続けて口にする。

「大切なものなら、なおさら距離は取った方がお利口さんだから」

そう告げた柳は少し寂しそうに見えて、大和は思わず疑問を投げかける。

「先輩は、高尾先輩と距離を『取った』んですか？　『保った』んじゃなく？」

「うん、距離を『取った』んだよ。だって、本気にならないように歯止めをかけたんだから。友達のままで、とか意識した時点でそうなるって」

「………」

返答に困る大和を見て、柳は小さくため息をついて言う。

「変わらない関係なんかないよ。こっちが望もうと、望むまいとね」

「そういうものですか」

言葉ではそう返しているが、大和も頭では理解していた。

以前よりも意識している時点で、その関係は違うものに変化しているのだと。

そこで、柳はすっと立ち上がる。

「さて、後輩くんの人生相談はこれにて終了。こっちから聞き出しといてなんだけど、わたしの方はある程度すっきりしたから」

そう言って笑顔まで見せる柳に対し、大和は申し訳なく思いながらも尋ねることにした。

「最後に一つ、聞いてもいいですか？」

「何かな？」

「……後悔とか、してますか？　振ったこと」

柳はふいっと視線を逸《そ》らしてから、小さく告げる。

「してない、って言ったら嘘《うそ》になるよ。――けど、もしも時間が巻き戻っても、わたしはまた同じ答えを選ぶと思う」

「そう、ですか」

そこで柳は再び顔を向けてきて、へらっと笑ってみせる。

「君には話してなかったけど、受験が大事だって話も、あながち嘘じゃなかったから。こう見えてもわたし、結構ビビりなんだよね」

「あ……」

そんな柳の言葉は、心の底から出たものに思えて。

これまで遠い存在に感じていた彼女の人物像が、初めて近いものに感じられた気がした。

「ま、何を一番にするのか、優先順位は決めておけってことだよ！」

バシバシと背中を叩《たた》きながら言われて、大和は自然と笑みを浮かべる。

「それなら大丈夫です。もう、一番は決まってますから」

そう言って、大和が前方を見ると、遠くでイカ焼き串を頬張る聖良と目が合った。

どうやら大和と柳が話し込んでいるところを邪魔しないよう、聖良なりに気を遣っていたようで。大和が近づいていくと、途端に聖良も食事を終える。

「気を遣わせたみたいだな」

「もう平気？」

「ああ、待たせて悪い。そっちも満足したか？」

「うん、腹八分目」

「まだ二割も余裕があるのか……」

そこで聖良は笑顔で手を振る柳を見遣ってから、むっとしてみせる。

「で、なにを話してたの？」

「いや、その……受験について、とか」

「ふーん」

咄嗟《とっさ》にごまかしてみたものの、どこか見透かされているような気がして落ち着かない。

なので大和は話題を変えるべく、こちらからも尋ねることに。

「そっちは高尾先輩となんの話をしてたんだ？　結構和やかな雰囲気に見えたけど」

「ずっとノロケ話を聞かされてた。べつに興味ないって言ってるのに」

「おい、オレにも聞こえてるぞ……」

高尾にも聞こえていたようで、がっくりと肩を落としていた。

「じゃあ、そろそろ出るか」

「うん」

それから大和たちは柳や高尾にお礼を言ってから、三年D組の教室を後にする。

廊下に出ると、すでに日は暮れ始めていて、窓の外は暗くなっていた。

もうじき、文化祭も終了時刻を迎えるだろう。

さすがにそろそろ本題を話さなければと思い、大和は口を開く。

「あのさ、屋上に行かないか？」

「今から？」

「ああ。少し、二人だけで話したくて」

「いいけど」

そこで聖良がさらりと自らの髪に触れる。最近、この仕草を見る機会が多い。女の子らしくて様になっているので、大和にとっては印象的である。

「最近、髪に触ることが多くなったよな」

「ん、そうかな」

「自覚してなかったんだな」

「まあでも、言われてみれば。なんか落ち着くからやってるのかも。変かな？」

「いや、変とかじゃないし、むしろ様になっているというか……俺は、いいと思うぞ」

「そうなんだ」

答えながら、再び聖良が自らの髪に触れる。

と、今度は聖良自身もそのことに気づいたようで、ハッとしてから頬が赤く染まる。

「……変態」

「なんでだよ⁉」

その罵倒は理不尽だが、恥じらう聖良が可愛《かわい》かったので、ひとまずよしとした。

それから場所を移して。

大和たちが屋上に出ると、夕焼けが辺り一面を真っ赤に照らしていた。

「わぁ、すごいね」

夕日に照らされながら、聖良が興奮ぎみに言う。

気持ちが高ぶっているのは、大和も同じだった。

「だな。空が燃えているみたいだ」

「お～、確かにそんな感じ」

フェンスに近づいてはしゃぐ聖良を見ながら、大和は意を決して口を開く。

「それで、話したいのは最近のことなんだけど」

「最近のこと？」

振り返った聖良は、不思議そうに小首を傾《かし》げてみせる。

大和は一歩踏み出してから、真《ま》っ直《す》ぐに見つめて言う。

「最近、白瀬が放課後に何をやっているのか、そろそろ話してほしいんだ。お盆に帰ったときのことが関係しているなら、その辺りも含めて事情を聞きたい。それでももし困っているなら、俺も白瀬の力になりたい――というか、力にならせてくれ！」

自然と声が大きくなりながらも大和が伝えると、聖良はふいっと視線を逸らした。

それから考え込むようにして黙ってしまった聖良の背に、大和はさらに告げる。

「要するに俺はさ、もっと白瀬のそばにいたいんだよ。放課後だって今まで通りとはいかなくても、下校途中で遊んだりしたい。このままじゃ、俺たちらしくない気がするんだ」

「……俺たちらしく、って？」

視線は向けないまま、聖良が静かに尋ねてくる。

対する大和はすぐさま返答する。

「もっと思っていることを伝え合うのが俺たちらしいというか……隠し事って言うと聞こえが悪いかもしれないけど、今の状況は不自然だと思うんだよ。せめて白瀬が何をしているのか、事情を聞かせてほしいんだ」

そう、諭すように大和は告げた。

すると、聖良は一瞬だけ間を置いて、

「……大和が言ったんじゃん。気遣いを大切にしろとか、空気を読めとか」

「そ、それは……」

予想外の返答に困惑する大和に対し、聖良がキッと視線を向けて続ける。

「私だって、なんでもかんでも話せるわけじゃない。大和から見れば、私は周りと違う変な奴《やつ》かもしれないけど、私なりにいつも考えて行動しているつもりだよ」

「へ、変な奴とか、そんな風には言ってないだろ！　何をそんなに怒ってるんだよ？」

「怒ってない。ただ、ムカついてるだけ」

「いや、ムカついてるって……。やっぱり怒ってるんじゃないか」

「わかんないけど、わかんないことばっかりでモヤモヤする。私だってすっきりしたいけど、どうすればいいのかわかんないから困ってるっていうか」

「お、おう」

「って、なんでニヤニヤしてるの？　私がおこ——ムカついてるのに」

明らかに目の前の聖良はムカついている。イラついている。怒ってもいる。

なのに、大和は嬉《うれ》しくて仕方がなかった。

とはいえ、それは聖良が怒っていること自体に対してではない。

聖良が本心を話してくれていることが、たまらなく嬉しかったのだ。

ここ最近の聖良も嘘をついていたわけではないだろうが、気遣いからあえてセーブをしているような節を感じられたからだ。

ゆえに、大和はニヤニヤが止まらないまま返答する。

「ごめんな、つい嬉しくて」

「全然謝られている気がしないんだけど」

「でも、よくわからないのはお互い様だからさ。やっぱり、ちゃんと話すべきだと思うんだよ」

「話したくないこともあるんだけど」

「けど、白瀬といつまでもこのまま、微妙にすれ違い続けるのは嫌だ。それに、白瀬が真正面から向かい合うことの良さを教えてくれたんじゃないか」

「そんなの教えたつもり、ないけど」

わかっていたことだが、聖良はだいぶ頑固である。

こちらが頼めば、基本的には承諾してくれるが、本当に譲りたくない部分については頑《かたく》なに譲らない——いわゆる、『めんどくさい女』であるのは間違いないだろう。

ゆえに、生半可な手段では聖良の意思を変えることはできないと推察される。

そのため、大和は自身の切り札を使うことに決める。

大和にとっては諸刃《もろは》の剣《つるぎ》ともいえる、いわば禁じ手となる手段である。

(でも、やるしかないよな)

覚悟を決めて、大和はいざ口を開く。

「……もしかして白瀬は、もう俺と一緒にいたくないとか？」

そう我が身を切る思いで、大和はその問いを投げかけた。

基本的には見当違いであるはず——というか、見当違いでなければ困るのだが、これを言われた聖良は、

「は？」

「ひぃっ⁉」

その鋭い形相に、ドスの利《き》いた語調に、大和は思わず悲鳴をもらす。

地雷を踏み抜いたような、あるいは虎の尾を踏んだような、そんな事態を予感させるほどに、聖良の表情は苛立《いらだ》ちを露《あら》わにしていた。

どうやら大和にとっての禁じ手は、聖良にとってもタブーだったらしい。

そのまま一歩、また一歩と静かに怒りながら近づいてくる聖良を前にして、大和はゆっくりと後退《あとずさ》りする。

「な、なんてな、冗談……というわけでもないけど、白瀬が俺に気を遣ってくれているのかと思って……もしかして、かなり怒ってるか？」

「うん、かなり怒ってる。たとえ冗談でも、一発殴りたい」

「ひぃぃっ⁉」

がしゃん、とフェンスに背中がついて、大和は心臓が縮み上がるのを感じた。

もう聖良は間近に迫っている。

まさか聖良から、出会ったばかりの頃にナンパ男を撃退したときのような——否《いな》、それ以上の怒り顔を向けられる日が来ようとは、夢にも思っていなかった。

これから自分がどうなるのかはわからないが、大和は静かに覚悟を決める。

（……まあ、白瀬が相手ならどうなろうと本望か。なるようになれ、だ）

と、そんなズレた覚悟だった。

ゆえに、大和は目を瞑《つぶ》ってから、両手を広げてみせる。

パンチでもキックでも受け止めてやる——という、覚悟の表れだった。

すでに目の前に迫った聖良は、「はぁ」と小さくため息をついたかと思えば、

「——ッ⁉」

突如、大和のもとに得《え》も言われぬ柔らかな感触と甘い香りが届く。

驚いて目を開けると、聖良に抱きつかれていた。

「あ、あの——……白瀬、さん？」

「……一緒にいたい」

聖良は間近で小さく呟《つぶや》くように言った。

その背に手を回して抱きしめてから、大和は囁《ささや》くように告げる。

「ごめん、冗談でもあんなことを言って。俺も白瀬と一緒にいたいよ。……でも、不安だったんだ。俺はまだ、大事なことを何も知らない気がしてさ」

こくり、と聖良は頷《うなず》く。

「私も、ごめんね。話せることと、まだ話したくないことがごちゃごちゃしてて」

「それなら、話せることを整理して話してほしい。俺もちゃんと聞くから」

そこで聖良は身体《からだ》を離してから、乱れた髪を整える。

「うん、ありがと」

「べつに、今は髪を整えてるだけだから」

「わかってるって」

夕日はほとんど沈んでいたが、聖良の顔は未《いま》だに赤いままなので、どうせ照れているのは丸わかりだった。

「――ふぅ。さて、どこから話そうかな」

ある程度、聖良が気持ちを落ち着けた頃には、すっかり日も沈みきっていて。

夜の暗がりを、校庭でやっているキャンプファイヤーの明かりが微《かす》かに届いて照らしていた。下ではすでに後夜祭が始まっているらしい。

ちなみに先ほど放送があり、体育館では文化祭の閉会式が行われたようだが、結局大和たちはサボってしまった。瑛太から『こっちは任せろ☆』というメッセが届いていたので、おそらくは大丈夫だと思いたい。

「大和、聞く気ある？」

左隣に座る聖良が、ジト目を向けて尋ねてくる。

現在、大和と聖良はフェンスに背をもたれさせながら並んで座っているのだが、大和は閉会式を主役二人がサボった罪悪感から、スマホを気にしてしまっていた。

「悪い、もう連絡は済んだから」

「そ。ならいいけど」

きゅっ、と。

そのとき聖良に手を握られて、大和はドキッとした。

それから聖良は淡々と語り始める。

「私、実は最近、父親に言われた仕事をやってるんだ。まあ、まだ顔見せの段階だから実作業は全然進んでないんだけど、とにかくいろいろと進行予定の案件がある感じ」

ここまでは椿から聞いていた通りの内容だ。もっとも、理由までは聞かされていないが。

「ああ。それで？」

「んー、えっと——あ、内容はこんな感じ」

聖良はスマホを取り出すと、その案件らしきものがまとめられたページを見せてきた。

そこには大手芸能事務所の名前が見出しに並び、聖良が朝ドラのヒロインとして女優デビューする企画案が綴《つづ》られていて。他にはアイドルユニットのセンターとして売り出すためにレッスンする内容や、歌手として有名作曲家とともに売り出すコンセプトの企画書など、とにかく目を疑うような規模の内容ばかりが並んでいた。

「朝ドラのヒロインに、アイドルユニットのセンターボーカル、それに有名作曲家の曲で歌手デビューって……はは、これはすごいな……」

乾いた笑みを浮かべる大和を見て、聖良は小さくため息をつく。

「ほんと、冗談みたいだよね。私が女優とかアイドルとか、意味わかんない」

「いや、意味はわかるよ。白瀬のルックス的には、これでもまだ足りないくらいだしな」

「大和から見たら、私ってそんなに可愛《かわい》いんだ」

「ああ、俺の知る限りでは世界一だな」

「うわー。嬉しいけど、さすがにちょっと照れるかも」

聖良も自分の容姿にはそれなりの自信があるようだが、大和の評価は想定よりも上だったらしい。つい髪を触ろうとして、その手を止めたのがわかった。

その様子を微笑《ほほえ》ましく思いながらも、大和は感想を口にする。

「それでも、今まで一般人だった女の子をいきなりデビューさせるにしては、さすがに無茶がすぎるような気もする」

「だよね、あの人もやることが無茶苦茶っていうか。まあ、これは元々計画していたことではあったみたいだけど」

あの人、というのは父親のことだろう。

しかし、これらの企画に計画性があったことには驚かざるを得ない。

「お父さんは元々、白瀬を芸能界入りさせるつもりだったのか？」

「うん。前から競技関連の取材でも顔出しは避けるよう言われてたし、SNSも連絡用のツール以外はアカウントの作成を禁止されていたから、芸能界でデビューをした時のことまで見越していたんじゃないかな。ほら、情報って鮮度があるから」

「な、なるほど……」

この辺りは、素人《しろうと》の頭ではついていけない部分である。ただ、そこまで行動を制限されていたことを知って、大和はとにかく驚いていた。

と、そこで大和の中に疑問が生まれる。

「でもじゃあ、どうして中学までは習い事ばかりをさせられていたんだ？　歌手とか女優とかって、長い間の積み重ねとかが必要だって情報を前に見た気がするけど、白瀬がやっていたのはバレエや華道に合気道……どれも全然関係ないじゃないか」

「まあ、その点については『箔付《はく》け』、かな。他の分野で実績を残していれば、後々いろんな場面で箔が付く——要するに、プラスに働くから。それにそっちの方で大成するなら、それはそれでよかったみたい。あと、芸能界入りさせるのは高校生になってからって、事前に決めていたらしいよ」

「なるほど……」

こうして聞いていると、恐ろしいくらいに計画性があるように思える。

ただそれは、娘のポテンシャルを――将来的な可能性を信じていなければできないことのような気がして、大和はなんとも複雑な気持ちになった。

「わかりづらかったかな？」

「いや、それなりには理解できたよ。ただ、白瀬のお父さんは、白瀬の可能性を信じているんだなと思ってさ」

「そんなかっこいいものじゃないと思う。私の意見は、どうでもいいみたいだし」

「その辺りのことを、お盆に話してきたわけか」

こくり、と聖良は小さく頷く。だとすると、聖良の父親は聖良のことを見ているようで、実際には聖良本人に寄り添っていないのではないかと大和は感じた。

けれど、ここで以前から感じていた疑問を口にする。

「でも、らしくないじゃないか。今までの白瀬なら、それこそ喧嘩《けんか》別れをしてでも遊びまくるはずだろ。なのに、今は親の言う通りにしている。言い方は悪いけど、今さら父親の言いなりになる必要なんてあるのか？」

その疑問を大和が口にすると、聖良は自らの膝に顔を埋《うず》めた。

そして代わりとばかりに、大和の手をぎゅっと握る。

「白瀬？」

「…………」

名前を呼んでも、聖良は反応しない。

具合が悪くなったのかと心配になった辺りで、ようやく聖良は顔を上げた。

「先に、大和には謝っとく。ごめん」

「な、なにがだよ」

動揺する大和に対して、聖良は続けて言う。

「とにかく、ごめんなさい。……うちの親、大和のことを調べていたみたいだから」

「俺のことを、調べていたって……？　一体どういうことだ？」

いまいちピンとこない大和に向けて、聖良は顔を歪《ゆが》ませながらもゆっくりと説明する。

「大和の過去の経歴とか交友関係とかを、その手の関係者を使って洗いざらい調べさせたみたいなの。それに、大和の家庭のこと——大和のお母さんのことも調べたって……」

「俺だけじゃなくて、母さんのことまで……？」

「うん……。だから、ごめんなさい。最低だよね。……私のことも、ちょっと嫌いになったかな」

そこで、大和はぎゅっとその手を握り返した。

「そんなことで、白瀬のことを嫌いになるわけがないだろ。それに、白瀬はその件に無関係じゃないか」

「無関係じゃないよ。私が大和と関わったから、調べられる羽目になったわけだし」

「だから、それが無関係だって言ってるんだ。白瀬が調べさせたわけじゃあるまいし、関係性はゼロだろ。大体、それがどうして親の言いなりになることに繋《つな》がるんだよ？」

大和が聖良を真《ま》っ直《す》ぐに見つめて言うと、聖良は横目に視線を向けてくる。

それから、覚悟を決めたように聖良は答える。

「私が言う通りにしないと、大和の家にも悪い影響が出るって言われたから」

「えっ……？」

固まる大和に対して、聖良はさらに続ける。

「多分、大和のお母さんの仕事とか、そういうものに手を出すつもりだと思う。――あり得ないけど、うちの親はそういうあり得ないことを平気でする人だから」

「そ、そんなの……」

「どうしようもないよね。人質を取って脅しをかけるとか、本当にどうかと思うよ」

「…………」

頭の中で整理がつかない大和。

そこで気付かされる。

自分はやはり、聖良を住む世界が違う存在だと認識していたことに。

何せ聖良側のことであれば、芸能界やらタワーマンションやら別荘やら、そんな特別な環境や状況ですら、少しの戸惑いはあったものの、すぐさま受け入れて理解することができた。なんなら、立ち向かう覚悟だってすぐにできた。

というのに、いざ自分がそういった特別な状況の渦中《かちゅう》に巻き込まれた際――具体的には現状のような、自分や母親が大企業から圧力を受けかねない状況となった場合は、途端に頭がショートして、単純に言えば怖気《おじけ》づいてしまったからだ。

正直、現実味がなかった。地に足がついていないような、そんな漠然とした不安が胸の内を満たしていて、とても気分が悪い。気を抜いたら、嘔吐《おうと》してしまいそうである。

――と、そこで手が離された。

唐突にほのかな温《ぬく》もりを失い、大和は支えを求めるように手を伸ばす。

だが、聖良はすっくと立ち上がっていて。真っ直ぐにこちらを見つめながら言うのだ。

「でも大丈夫だから、安心して。私がなんとかする」

「なんとか、って……？」

「私が本当の意味で『自立』すれば、誰にも邪魔はさせないから。そうしたら、私たちはどこまでも自由だよ」

聖良の瞳には、確かな覚悟が宿っていた。

その目には動揺も弱みも、憂いすら含まれていない。

あるのは純粋な闘争心と野望、それにどこか温かい優しさのみであった。

不思議と頼りがいのあるその姿を見たら、大和の気持ちも少しだけ落ち着いてきた。

「白瀬はやっぱりすごいな。いつも、こんな不安と戦っていたなんてさ」

「べつにすごくないよ。元々環境がそういうものだったから、自然と慣れただけだし。それに私は、よく逃げていたから。ここらへんは大和にも話したと思うけど」

慈《いつく》しむように、そして懐《なつ》かしむように、聖良は淡々と語る。

言われてみれば、聖良も辛《つら》くなったときには祖父の遊園地に足を運んでいたのだった。

聖良ですら、逃げ出すことがあったのだ。

どうしようもないときには、逃げ出すことも正解の一つだと大和は思った。むしろ、いざというときに自分の意思でそうできることに、憧れの気持ちすら抱いた。

ただ、今はそのときではないとも思った。

そうするには早い、まだ思考する余地があるのではと思ったのだ。

ゆえに、大和も立ち上がって口を開く。

「……白瀬の意見、参考にさせてもらうよ。まだ、上手《うま》くは整理できていないけどさ」

「うん、ゆっくりでいいから。時間はあるし」

「時間？　そういえば、白瀬の言う本当の意味での『自立』って、具体的にはどうなれば自立したって判断できるんだ？」

何気なく尋ねてみると、聖良はうーんと頭を悩ませてからさらりと言う。

「これはあくまで一例だけど、私の設立した会社が父親の会社と同等以上の規模になる、とかかな」

「ああ、なるほど——って、えっ⁉」

「ん？」

本当にさらりと言われたので、大和はその意味をすぐには理解できなかったが、これはまたぶっ飛んだ話になってきた。

「いや、そんなことを本当にできるのか？」

「んー、数年はかかるかも」

「数年⁉　数十年じゃなく⁉」

「あはは、そんなにかかんないって」

「いやいやいや……」

以前に聖良の父親が経営する会社の社名を聞いたときには、大層驚いたものだ。何せ、白瀬グループ株式会社というその社名は、知る人ぞ知るほどの一流企業のもので、椿の話にもあったパーティーやお盆の会合があるのも頷《うなず》けるほどに、大規模な会社だったからだ。

だというのに、聖良はたかだか数年で、そんな一流企業と同規模の会社を作れると考えているらしい。そこになんの疑問も抱いていないことに、大和は素直に驚かされるわけで。

「まあ、あくまで一例だから」

「はは……他にも何かあるのか」

「んー、たとえば、歌手やアイドルとして大ブレイクするとか」

「なるほど……。でも、それだと大企業を相手にするには分が悪くないか？」

「そこはほら、世論を味方にするとか、やり方次第ではどうとでもなるよ。大事なのは、ある程度の地盤を作ることだから」

「……適当に言ってるんじゃないよな？」

「割と適当だよ。でもまあ、その辺りは成り行きでなんとかなることだから」

「マジかよ……」

「マジマジ。でもどうせなら、自分が楽しめることを選びたいよね」

そんな聖良の言葉に、大和は呆《あき》れを通り越して感心していた。聖良はこれらのことを決して冗談で言っているわけではないと、大和もわかっていたからだ。

それゆえに、大和の中にもそれらのことについて考える余裕が生まれていた。

「けど、もしも本当に白瀬がそんな大物になったら、そもそも俺なんかと遊んでいる余裕がなくなりそうだよな」

なるべく重くなりすぎないよう、大和は意識して口に出す。

これは実のところ、大きな懸念《けねん》点の一つである。

とはいえ、聖良に押し付けることでもない気がするので、大和はあたかもあまり気にしていないように振る舞ってみせたのだが。

「なに言ってるの？　遊ぶに決まってるじゃん」

聖良はさも当然とばかりに、むしろ若干苛立《いらだ》ちながら返答してきた。

「そ、そうなのか？」

「うん。だって仕事で遊べなくなったら、それこそ本末転倒だし。あくまで私は大和と一緒にいるために、地盤を作るんだから。目的と手段は取り違えないようにしないと」

「お、おう」

またもやすごいことをさらりと言われたような気もしたが、大和は深く考えないことにした。今はあくまで、仮定の話をしているに過ぎないからだ。

（キスシーンがどうのとかで悩んでいた自分が、小さく感じるほどに壮大な話だよな）

仮定とはいえ、その話の規模感には胸が躍る。単純に、ロマンみたいなものを感じた。

「大和はこんな感じで、ある程度は納得してくれたかな？」

不思議なことに、先ほどまでの大規模な話の最中は尻込み一つ見せなかった聖良だが、この問いをするときばかりは緊張しているように見えた。

その様子がなんとも愛らしくて、大和は頬が緩むのを感じた。

「ああ、納得した。俺ばっかりがいつまでも、うじうじしていられないなと思ったよ」

「そっか」

「それに」

大和は目の前の聖良に一歩近づいて――

「――ぁ」

聖良の口から吐息がこぼれる。

驚くのも無理はない。

月明かりが照らす夜空の下、大和が聖良を抱きしめていたからだ。

「ありがとう。俺と一緒にいるために、たくさん考えて、抱え込んで、一生懸命になってくれて。すごく、嬉《うれ》しかったよ」

「……うん、ならよかった」

聖良にしては歯切れの悪い反応だが、今の大和は気にしない。

なぜなら、聖良がここ最近忙しくしていた理由が全て大和との関係を守るためだったと知って、大和の心は温かくなり――いわゆる、ハイになっていたからだ。

それから大和は身体《からだ》を離して微笑《ほほえ》みかけると、聖良は目をぱちくりとさせながら言う。

「びっくりした……。あと、すごくドキドキした。……ていうか、今もしてる」

「えっ」

頬を赤く染めながらぼんやりとする聖良の顔を見て、今度は大和がドキドキしてしまう。

そして今さらになって大和は自分がしたことを実感し、急激に恥ずかしくなっていた。

「あっ、いやっ、そのっ、今のは感謝の気持ちを伝えたくてだな！」

焦《あせ》る大和をよそに、聖良は床にぺたんと座り込んでしまう。

「白瀬⁉　大丈夫か⁉」

「……腰、抜けたかも」

「えっ、ごめん！　ほんとにごめん！」

「力、入んない……」

困惑する聖良があまりにも可愛《かわい》くて、大和は「ははっ」と笑ってしまう。

すると、聖良は赤面しながら上目遣いに睨《にら》んでくる。

「なんか大和は余裕そう。ムカつく」

その光景がやっぱり可愛すぎたので、またもやハイになった大和は余裕たっぷりに言う。

「あー、それは俺の方から抱きしめたからかもしれないな。これでわかったと思うけど、いきなり抱きしめられるとびっくりするんだ。俺も夏休みに白瀬から抱きしめられたときには、心臓が口から飛び出るかと思ったくらいに驚いたしな」

「手、貸して」

「あぁ、はいはい」

言われた通りに手を差し出すと、聖良はその手を取って立ち上がる。

ふう、と軽く息を吐いた聖良は、すでに元通りのポーカーフェイスになっていて。

「劇のキスシーンはしなかったのにね」

そして唐突に、悪態をつくように言うのだ。

これには大和のテンションも、一気に元通りになってしまう。

「ま、まあ、それはそれというか……って、今は関係ないだろ⁉」

「べつにいいけど。これから文化祭の打ち上げをやるみたいだし、そろそろ行こっか」

「お、おう！」

話すことはひと通り話し終えたのだろうし、今後に不安がないと言えば嘘《うそ》になるが、気持ちは幾分か清々《すがすが》しい。

それに聖良の口から、文化祭の打ち上げに行こうという旨《むね》の言葉が出たのだ。これに乗らない手はなかった。

「あ、そういえば」

鞄《かばん》を取りに教室へ戻ろうと、階段を下りていたところで大和は思い出す。

「ん？」

先を行く聖良が足を止めて振り返ったところで、大和はなんの気なしに言う。

「お姉さん――礼香さんはさっきの話を知っていたんだな。会ったときに、『まだ聞いていないのね』なんて意味深に言うから、内心ではどんな話かとビクビクしていたよ」

「ん、まあね」

気のせいか、聖良の声のトーンが低くなった気がした。

そのまま聖良は歩き始めたので、大和も大人しく後に続く。

今日が終われば、また放課後は聖良と一緒に過ごせない日々が始まるのだろう。

どうにかできないものかとも思うが、自分の母親にまで影響が出るかもしれない状況とあっては、迂闊《うかつ》に行動できない気がした。

だが、いずれにせよ、このまま聖良に任せっきりにするつもりはないことだけは確かだ。

その辺りも含めて、大和は整理しなくてはならない。

けれどまず、自分の気持ちに正直になるところから始めようと思った。

勇気はもう、先ほど十分にもらった。

劇のキスシーンのときには臆したが、すでに覚悟は決まっている。


(——俺は、白瀬に告白する)

倉木大和、一世一代の覚悟だった。

四話　作戦会議とおうち訪問

文化祭という行事の後には、二学期の中間テストが控えている。

ゆえに、その日の放課後は勉強会と称して、立案者の大和《やまと》を含めた三人の生徒が教室に残っていたのだが。

「──俺、白瀬《しらせ》に告白しようと思うんだ」

「ぶふっ⁉」「ほえぇっ⁉」

大和から突然のカミングアウトをされて、目の前に座る瑛太《えいた》と芽衣《めい》は激しく動揺した。

コーヒー牛乳を吹き出した瑛太は口元を拭いながら、気持ちを落ち着けるように言う。

「待て、落ち着けオレ。そして倉木《くらき》、状況を整理しよう。お前は聖女さんが──白瀬聖良《せいら》さんのことが、好きなんだな？」

「いや、そういうことは本人に直接伝えたいから」

「うっわ、めんどくせぇ！」

机を叩《たた》いて勉強道具を投げ出した瑛太を見かねて、芽衣が笑顔で乗り出す。

「まあまあ、落ち着いてよ新庄《しんじょう》くん。こういうことはね、相手を想《おも》う気持ちが大切なんだよ。それで倉木くん、その気持ちはライクじゃなくて、ラブってことでいいんだよね？」

「いやだから、そういうのは最初に本人に伝えたいからさ」

「ほえぇっ⁉」

赤面した芽衣が、はしゃぐように身体を左右に揺らしている。

どうやら純粋な恋愛話を真正面からされて、悶《もだ》える他なかったらしい。

「はぁ……。相談した相手が悪かったみたいだな。次は、香坂《こうさか》さんにでも——」

「「いやいやいやいやいや！」」

その途端、バラバラだったはずの二人が一致団結して、大和の肩に掴《つか》みかかってくる。

その必死な形相に言い知れぬ恐怖を覚えながら、大和は立ち上がろうと浮かせていた腰を仕方なく下ろした。

「なんなんだよ、二人とも」

「聞くから！　ちゃんとわたしたち聞くから！」

「頼むから、あの後輩ちゃんに相談することだけはやめてくれ」

「そこまで言うなら、わかったよ」

元々、今日の勉強会は大和が恋愛相談をする目的で開いたものだ。招集したのが瑛太と芽衣の二人というのも、彼らなら自分の相談に乗ってくれると考えてのことである。

なので、その二人からここまで言われてしまえば、無下にはできないわけで。

そもそも、大和はこのように恋愛相談をすること自体に慣れておらず、はっきり言って気が気でないわけだが、芽衣と瑛太もある意味では平常心を保っていなかった。

「んで、聖女さんに告白するんだっけか。場所とかタイミングは決めてあるのか？」

さっそく瑛太が切り出すと、大和は小さくため息をついて言う。

「決めてない……。こういうのって、どうするのがベストなんだ？」

「まあオレなら、即断即決。まず一発目はどこでもいいから、二人きりになったタイミングで告白するぜ」

「なるほど、参考になるな」

ノート（授業用）にメモする大和を見て、芽衣は頬を引き攣《つ》らせながら介入する。

「あのね、わたしは場所も大切だと思うよ。せっかく告白してもらうなら、やっぱり二人の思い出が深い場所とか、あとは船の上みたいなロマンチックなシチュエーションもいいな〜。それと、場所に合った時間帯も大切かも！　船の上はやっぱり夜じゃないと！」

「なるほど、環《たまき》さんの意見は受け手側のものとして、すごく参考になるよ」

再びメモを取る大和を見て、瑛太はわざとらしくため息をついてみせた。

「おい倉木、そんなメルヘンを参考にしちゃダメだぞ。お前って、これが初めての告白だろ？　だったら奇をてらうよりも王道かつ、単純にいくべきだ！　大事なのは、相手に気持ちがちゃんと伝わることだからな！」

「なるほ――」

「ううん！　場所だって大切だもん！　そういうところまでちゃんと考えてくれたんだなって、きっと告白された側にも伝わるから！　そういう思いやりとか工夫みたいなのが伝わると、女の子は嬉しくなるものだよ！　それにもし失敗しても、そのときの倉木くんはきっと可愛いよ！」

「いや、俺はべつに可愛いとかは――」

「いいや！　わかってねえ！　全然わかってねえ！　あのな、相手はあの聖女さんなんだぞ⁉　場所とかシチュエーションにばっか気を配ったせいで、いざ本番に中途半端《ちゅうとはんぱ》な伝え方でもしてみろ！　――『なんか言った？』って言われるのがオチだろ絶対！　そっから倉木が立ち直れるって保証がどこにあるんだよ⁉」

「今の、白瀬の声真似《まね》か？　だったら似てなさすぎるだろ……。というか、さすがに白瀬もそこまでは――」

「そうだよ！　聖女さんだってちゃんと聞いてくれるもん！　いつもはボーッとしてるけど、話しかければちゃんと聞いてくれる人だもん！　倉木くんが誠心誠意、ちゃんと想いを伝えれば、きっと伝わるはずだから！」

「環さん、白瀬のことをいつもはボーッとしてると思って――」

「思ってない！　言い間違いです！」

ぜーはー、と息を切らしながら、芽衣と瑛太が睨み合う状況が生まれていた。

知らぬ間に、当人の大和をほったらかして二人の戦いが始まっていたのである。

そこで瑛太が大和の隣に座り、そのまま肩を組んできた。

「おい倉木、悪いことは言わないからオレの意見を信じろ。言っとくけど、オレの告白成功率は九十パーセント越えだからな。オレには安心の実績がある」

「おぉ……」

確かに、こと恋愛に関して瑛太は頼りになるばかりか、妙な説得力がある。これも経験と実績によるものなのかと、大和は素直に見直していた。

すると、今度は芽衣までもが大和の隣に座ってきて、服の裾をちょんとつまんでみせた。

「わ、わたしだって、一応女の子だし、女の子の気持ちはわかっているつもりだよ！」

「ま、まあ、それはその通りというか……」

「じゃあこの際聞くけど、環って誰かと付き合ったことあんの？」

瑛太が直球の質問を投げかけると、芽衣はムッとして睨《にら》みつける。

「……ない、ですけど」

(ないんだ⁉)

今日一番、大和が驚いた事実であった。

こうなると、大和があてにするのは瑛太の方というのが、自然な流れであるのだが——

そこで芽衣がぎゅっと大和の腕を掴んできた。同時にとんでもなく柔らかいものが腕に押し当てられて、大和は悶絶《もんぜつ》してしまうが、そんな大和に構わず芽衣は言う。

「で、でも、新庄くんは嘘をついてるよね？　告白成功率が九十パーセント越えって、それ、同じ人から振られている回数もちゃんと計算に入れているのかな？」

「んぐっ⁉」

瑛太の方から情けない声がもれる。大和は必死に邪念を払うように、瑛太の方を見る。

「新庄？　どうなんだよ」

「……ま、まあ、その辺りも含めると、五十を下回るかもしれないな」

「どんだけ同じ人にアタックしてるんだよ……」

「仕方ないだろ！　マジもんの運命に出会っちまったんだから！」

立ち上がって堂々と口にする瑛太を見て、大和は少し恥ずかしくなった。

「お前も十分メルヘンだろ……」

「うっせぇ。恋愛は気持ち悪くてナンボなんだよ」

「倉木くんは気持ち悪くなんかないからね！」

「お、おう、ありがとう」

わざわざ補足してくれた芽衣に感謝をすると、そこで芽衣はハッとして腕から離れる。

「でも、ごめんね。恋愛経験のないわたしなんかが出しゃばっちゃって」

「いや、そんなことないって。さっきも言ったけど、受け手側の意見も参考になるし。それに、環さんだって告白された経験はあるわけだから」

「えへへ、やっぱり倉木くんは優しいね」

「そういえば、環って告白した経験はあるのか？」

この際だからと、瑛太が芽衣にグイグイと尋ねる。

「ないよ。まだちゃんと片思いできたこともないんだ～」

「世知辛《せちがら》いですなぁ」

「ねっ。世知辛いですよぉ」

なんだかしんみりした空気になったので、大和は笑顔になって立ち上がる。

「相談とか関係なく、今日は二人からいろいろ聞けて嬉《うれ》しかったよ。ありがとう」

「倉木……」

「倉木くん……」

「じゃ、俺はこれで――」

「「いやいやいやいや！」」

せっかく良い雰囲気のまま立ち去ろうとしたのに、瑛太と芽衣が再びものすごい形相で肩に摑みかかってくる。

「ちょ、ちょっ、なんだよ二人とも！」

「いやお前ぜったい香坂ちゃんに聞くつもりだろ⁉」

「ぜったいにダメ！　倉木くんのばか！」

「はぁ……なんなんだよ、一体」

椿《つばき》は聖良と近しい間柄の人物だ。聖良を慕う同志である芽衣には悪いが、少なくとも距離感という意味ではあちらの方が近いだろう。それゆえに大和は椿にも参考意見を聞きたいと考えているのだが、どうにも二人は阻止したいらしい。

と、そのとき、大和は大事なこと（？）を思い出す。

それは夏休みに、花火大会で椿が聖良にカミングアウトをした際のこと。椿は聖良に恋愛的な好意を寄せているのかもしれないと、大和は感じたことを思い出したのだった。

「——いや、俺が悪かった。そんなことは絶対にしないよ」

「「えっ」」

大人しく腰を下ろした大和を見て、瑛太と芽衣は軽く動揺している。

そんな二人に対して、大和はあらかじめ釘《くぎ》を刺しておくことにした。

「ああ、理由は聞かないでくれよ。何も答えるつもりはないからな」

「（うわー、これ絶対なんか勘違いしてる気がするよ……）」

「（言うな、またややこしいことになるから）」

「聞こえてるんだが」

ビクッ、と肩を震わせる二人。

そこで瑛太が仕切り直すように、両手をぱんと叩《たた》いてみせた。

「まあ、ざっくりオレらの意見をまとめるとだ。——なるべく早いタイミングで、場所とシチュエーションを大事にしながら、しっかり自分の気持ちを伝える、ってことだな」

「なんだか、すごく難易度が高い気がするんだけど……」

「ここは前向きにいこうよ。わたしたちも場所の候補とかは考えておくし」

「まずテストを乗り越えないとだしな。さすがにテスト前に告るのはオススメしないぜ」

「だな。それじゃあ、さっそく勉強を——」

——ガラーッ、と。そこで教室の扉が開いた。

入り口に立つ人物を見て、大和たちは口をあんぐりと開けて固まる。

「あれ？ 大和じゃん。まだ残ってたんだ」

「し、白瀬の方こそ……！ こんな遅くまで残っていたのか？」

そこに立っていたのは、件《くだん》の人物——聖良で。まさに噂《うわさ》をすればなんとやらである。

聖良は芽衣たちをちらと見ながら、自分の机に向かい、中からプリントを取り出した。

「まあね、ちょっと呼び出し。——で、そっちはなにやってたの？ 勉強？」

なんの気なしに聖良は近づいてきて、尋ねてくる。

すると、一番近い位置にいた芽衣が返答する。

「う、うん！ 三人でテスト勉強をしてたの！ 中間テスト、もう来週だもんね」

「ふーん。——成功率九十パーセント、って数学？」

「「げ」」

机の上に開かれた大和のノートには、先ほどの恋愛相談についてのメモがぎっしり書かれていたのだ。すぐさま大和が閉じたものの、聖良は小首を傾《かし》げている。

慌てふためく大和と瑛太を見かねて、芽衣がわざわざ立ち上がる。

「そうそう！　成功率九十パーセントの振られる回数を求めよ～！　みたいな問題で！」

「振られるって？」

「ほわぁっ⁉」

フォローをしたつもりがやらかした芽衣に代わり、大和が立ち上がる。

「そ、それより、白瀬の方こそ呼び出しって、何かあったのか？　まあ、話しづらいことなら別にいいんだけど」

「ううん、ちょっと報告することがあっただけ。もう終わったよ」

「そうか」

そこで唐突に瑛太が立ち上がると、鞄《かばん》を携えてからウインク交じりに言ってみせる。

「んじゃ、オレは保健室に寄るからまたな。今日こそは成功率が上がっちゃうかもな～」

すると、芽衣まで同調するように立ち上がる。

「わ、わたしも、えっと……帰らなきゃ！　二人ともじゃあね！」

理由が思いつかなかったようだが、ともかく気を遣われたようだ。

「なんか、気を遣わせちゃったみたいだね。――私たちも帰ろっか」

「え、一緒に？」

「うん。今日は遅い時間からだし」

よし、と思わず大和はガッツポーズを決める。

「あはは、そんなに嬉しいんだ？」

「ま、まあな。こういうの、久々だし」

と、そこで大和は視線を逸《そ》らしてしまった。

どうにも告白のことを意識してしまって、上手《うま》く目を合わせられる気がしなかったのだ。

「目、逸らされた」

「直球だな！」

「だって、逸らしてきたから」

失念していたが、聖良はこういう性格だ。観念した大和はオブラートに包んで話す。

「その、この前あんなことがあったから、ちょっと気まずくなったというか」

「抱きついてきたこと？」

「だから直球すぎるだろ！」

「じゃあ、ハグ？」

「言い方の問題じゃないっての……」

ぷっ、と互いに吹き出して、それから笑い合う。

それでもやっぱり目を合わせるのは恥ずかしくて、大和は情けなく思いながらも言う。

「まあとにかくそういうことだから、少しの間は許してくれ」

「そ。べつにいいけど」

そうして二人で校舎を出てから、いつもの下校道を並んで歩いていく。

すでに日は沈み、街灯の明かりが道を照らしている。

冬の気配を感じさせる肌寒さに、息を吐いてみたら白くなっていた。

こんな日常的なことが、聖良と歩くだけで特別なもののように思える。

それだけ、この時間がとても久々なものなのだと実感できた。

「ねぇ、大和」

ふと、少し先を歩いていた聖良が振り返る。

「なんだ？」

「大和の家に行っていい？」

「へ？　今から？」

「ううん。それだと迷惑になるかもだし、そもそもこっちにも予定があるから——明日とかどう？　週末でしょ」

少し遅れて、大和の頭が聖良の要求を正しく理解する。

「…………マジか？」

「ダメかな？」

「テ、テテ、テスト期間だし……」

「勉強、教えてあげるよ」

「か、母さんも、明日はいると思うぞ」

「うん、会いたい」

「は、はあ……？」

困惑する大和の顔を見て、聖良は何やら思い至ったらしい。

「大和って、結構えっちだよね」

「はぁっ⁉　いきなりなんだよ！」

「お母さん、いない方がよかったんでしょ？」

からかうように笑顔で尋ねられて、大和は自分の顔が紅潮していくのを感じた。

「ち、違う！　さっきのは、そういう意味じゃなくて！」

「ふーん。ま、どっちでもいいんだけど」

「いいのかよ⁉」

ぜーはー、と息を切らせる大和を見て、聖良は愉快そうに笑みを深める。

「いきなりだったよね」

「そりゃあな。というか、遊べないんじゃなかったのか？」

「まあ、だいぶ無理をすれば予定が空けられるようになったから」

「そ、そうか」

いまいち腑《ふ》に落ちないながらも、聖良と過ごす時間が作れることは大和にとってもプラスでしかないので、ここは深く追及しないでおくことにした。

「じゃ、明日行くね」

「家に来るのは決まりなんだな」

「だって大和も前に言ったじゃん、『うちなんかでよければ』って」

「それ、いつの話だよ……」

「ゴールデンウィークのときだから、五月だね」

「よく覚えてるな」

「忘れるわけないよ。大和とのことは全部、ちゃんと覚えてるから」

少し寂しそうに笑う聖良の顔を見ていると、大和の胸はきゅっと締めつけられる。

この胸の痛みが恋と呼べるものに起因するのであれば、大和はずっと前から聖良に恋をしていたということになる。

それはそれでいいものだな、と大和は思いながら、聖良の隣に並んだ。

「なら、時々『そうだっけ？』ってごまかすときは、わざとってことだな」

「えー、そんなことあったたっけ？」

「なんて都合の良い記憶力なんだよ……」

やれやれ、と呆《あき》れる大和の顔を、聖良が覗《のぞ》き込んできて言う。

「明日、行くからね。お母さんにも伝えておいて」

「はいはい。何時に来るんだ？」

「うーん、夕方とか？」

「いや、せめて昼にしとけよ。予定があるなら仕方がないけど、一応勉強するんだろ？」

「じゃあ、お昼に行く。頑張って起きるから、美味《おい》しいお昼ご飯をごちそうしてね」

「了解だ」

ドクン、ドクン、と胸の鼓動が高鳴ってうるさい。これまでどうして、こんな魅力的な女の子と一緒にいて平気だったのかと、大和はひたすらに困惑していた。

今はもう、平静を装《よそお》うだけで精一杯だというのに。

そのハスキーな声を聞くだけで、その大きな目に見つめられるだけで、近づかれるだけで、胸の辺りが苦しくなって仕方がない。

「ふふ、楽しみ」

その笑顔を見ていると、どうしようもなく実感させられるのだ。

ああ、自分は彼女に恋をしているのだな——と。

それから二人は、駅前に着いたところで別れた。もう大和の知るタワーマンションのあの部屋は空き室で、だから聖良を家まで送ることもできない。

でも、構わなかった。

こうして顔を合わせることができるのであれば、それで十分だと思ったからだ。

◇

翌日。

聖良が自分の家に来ることを意識しすぎた大和は、結局一睡もすることができず。

寝ぼけ眼《まなこ》をこすりながら、大和は黙々と昼食を作っていた。

「おはよぉ～」

昼前になると、母親が起きてきた。栗色《くりいろ》の髪を後ろで一つに結んでいて、童顔ゆえに三十代後半にしては若く見えるが、それでもすっぴんで聖良に会うのは避けてほしかった。

ちなみに、昨夜のうちに聖良が来ることは伝えておいたのだが、緊張感の欠片《かけら》もない。

まあ、母親に緊張されても困るのだが。

「おはよう、母さん。昨日も話したけど、あと三十分くらいで白瀬が来るから」

「はいはい、ガールフレンドよね」

「いや、そういうのじゃないって言ってるだろ」

息子の言葉を気にする素振りも見せず、母親は鉢植えの水やりを始める。

「あのね、ガールフレンドは和訳すると、女友達って意味になるのよ」

「若者にそういうのは通じないと思ってくれ」

「お母さんだって、まだ若いですよー」

「ああ、そうですか」

(穏やかというか天然というか、こういう母親だから会わせたくないんだよな……)

フライパンで炒《いた》め物を作りながら、大和はため息をつきたい気分になっていた。

「それよりも、今日はその恰好《かっこう》でいいの？　地味すぎではないかしら？」

母親に苦言を呈されたが、大和の服装は白いシャツに紺色のセーター、それにベージュのチノパンを合わせたシンプルコーデである。ネットに『無難』と載っていたものだ。

「うるさいな、いいんだよシンプルで」

「シンプルというより、ただ地味なだけだと思うわよ」

「シ・ン・プ・ル！　無難とも言うけどな」

「でも、今日来るのは文化祭の劇でお姫様をやっていた子なんでしょう？　あんなに可愛《かわい》らしい子が来るのに、無難な恰好でいいのかしら」

先日の文化祭には大和の母親も来ており、ビデオカメラでばっちり撮影をしていた。おかげで大和は自分たちの劇を見返すことができたが、聖良の可愛らしさと凄《すさ》まじい演技力、そして自分の地味さを痛感させられて、いろいろな意味で感情を揺さぶられたものだ。

「……いいんだよ。白瀬はそういうので、文句を言ったりしないし」

「それならいいのだけど。お母さんもそろそろオシャレをしないと」

「無難なやつにしてくれよ、頼むから」

「はーい」

「ほんとにわかっているんだか……」

それから二十分ほどが経《た》ち、ちょうど昼食が完成したところでチャイムが鳴った。

待たせまいと思い、大和が急いで玄関を出ると、扉を開けたところで驚かされた。

そこに立っていたのは、大和の好みドストライクな恰好の聖良で。

長袖丈の白ブラウスに黒のジャンパースカートを合わせたコーデは、カジュアルながら品を感じさせ、ハーフアップに結ったヘアアレンジがとても可愛らしかった。

「よっ」

そんな恰好とは打って変わった挨拶が飛び出したことで、大和はようやく我に返る。

「お、おう、よく来てくれたな。さっそく上がってくれ」

と、さっそく招き入れようとしたところで、聖良がちょんちょんと裾をつまんできて、声をひそめながら尋ねてくる。

「その前に、今日ってお母さんはいるの？」

「ああ、いるけど」

「そっか。じゃあ猫を被《かぶ》った方がいいかな？　好かれたいし」

聖良がこんな風に、誰かから『好かれたい』と口にするのは初めてな気がした。

ゆえに、大和は首を左右に振ってみせる。

「いや、それならなおさらいつも通りでいいって」

「そうかな？」

「ああ。一応聞いておくけど、猫を被るって、どんな感じでいくつもりだったんだ？」

「にゃーお、とか」

聖良がわざわざ猫の手まで作っておどけてみせるものだから、大和は床に膝をついた。

これはまずい、可愛すぎて眩暈《めまい》がしたほどである。

「あれ？　大丈夫？」

「大丈夫じゃない、それはやっちゃいけないやつだ……」

「ふーん。じゃ、もう家に上がっていい？」

「ど、どうぞ」

「お邪魔しまーす」

気を取り直して、聖良を家に上げる。

廊下を通り、リビングに入ると、ゆったりとした外行きのワンピースに着替えた母親がテーブルについていて、

「どうも、はじめましてだにゃ～」

しかし、挨拶が全てを台無しにした。完全に、玄関でのやりとりを聞いていた口である。

「大和、やっぱり私も猫を被った方が――」

「乗らなくていいから！　頼む、無視してくれ！」

頭を抱えて懇願する大和を見て、聖良はふっと微笑《ほほえ》んでみせる。

それから聖良は大和の母親の方へと向き直ると、真顔になって挨拶を返す。

「――はじめまして、大和くんのクラスメイトの白瀬聖良といいます。大和くんにはいつ

も仲良くしてもらっています。本日はお邪魔いたします」

にこっと、最後には愛嬌《あいきょう》のある笑みを浮かべて挨拶をする聖良。

それは大和が初めて見る、礼儀正しく対応する聖良の姿だった。

「これはどうも、ご丁寧に。大和の母親の洋子《ようこ》です。ヨウちゃんでも、お義母《かあ》さんでも、お好きなように呼んでね♪」

「じゃあ、ヨウちゃんで」

「そこはせめて洋子さんにしてくれ！」

「「えー」」

「なんでさっそく息ぴったりなんだよ……」

早くも大和は疲弊ぎみだが、今日はもてなす側だ。聖良をテーブルにつかせてから、昼食をテーブルに並べ始める。今日のメニューは野菜の炒め物に玄米ご飯、鶏肉《とりにく》の塩焼きにサラダと味噌汁《みそしる》を付けた、ザ・王道の健康ランチである。

食卓に料理を並べている最中に気づいたが、大和はエプロンをつけっぱなしにしたままだった。つまりエプロン姿で玄関に出てしまったというわけで、少し恥ずかしくなった。

と、そこで二人の会話が聞こえてくる。

「へぇ、普段は呼び捨てで呼んでるのね」

「はい。大和はずっと、私のことは名字でしか呼ばないんですけど」

「ごめんね、うちの息子がシャイなばかりに」

「いえ、ヨウちゃんが謝ることじゃないですよ」

（結局ヨウちゃん呼びなのかよ……！）

調子は狂わされるが、二人の方は早くも打ち解けているようで、そこは一安心した。

「――よし、揃《そろ》ったぞ」

大和が声をかけると、聖良と洋子は「お～っ」と感心した様子で料理の数々に見入る。

そのまま大和が聖良の隣に座ると、洋子が笑顔で見つめてくるのが鬱陶しかった。

「じゃあ、いただきます」

「「いただきます」」

そうして食べ始めるなり、聖良が「ん～っ」と顔を綻ばせる。

「美味し～。久々に健康的なものを食べた気がする」

「最近はどんなものを食べてるんだよ。やっぱり、ラーメンばっかりなのか？」

「まあ、そんな感じ。あとは差し入れのお弁当とかかな」

するとそこで、洋子が興味津々《きょうみしんしん》といった様子で聖良に尋ねる。

「それで、やっぱり聖良ちゃんは芸能人とかなのかしら？　ちょっとさすがにお顔が整いすぎていて、お母さんはずっとびっくりしちゃっているのだけど」

もう洋子は完全に話し方が素《す》になっていて、大和は苦笑するしかなかった。

「いえ、一般人ですよ。これから芸能人になるかもしれないですけど」

「やっぱりそうなのね！　金の卵というやつかしら、絶対ブレイクするわね～。だって聖良ちゃんったら、わたしが知る限りでは世界一可愛いから！」

「ぶほっ⁉　……げほっ、げほっ……」

つい先日、自分が言ったことと同じようなことを母親が口にしたものだから、大和は思わず味噌汁を吹き出していた。

「あら？　うちの息子がもう言ったのかしら？　聖良ちゃんは世界一可愛いよって」

「あのな……」

「言われました、ちょっと言葉は違うんですけど」

「あのなぁ……二人とも、食事中は黙って食べてくれ」

コクコク、と二人は揃って首を縦に振る。さすがに申し訳なくなったらしい。

それから瞬《またた》く間に、聖良は完食した。

おかわりがあると言ったら、炊飯器で炊いているぶんのお米を全て平らげたのだった。

「じゃあお母さん、ちょっと買い物に出かけてくるわね～。どうぞ、ごゆっくり～」

洋子はそう言って、昼食を終えるなり出ていった。

その背を見送ってから、大和はそわそわとしながらも洗い場に立つ。

「はぁ、母さんはほんとにぽわぽわしてるというか……」

「お皿洗い、手伝うよ」

「いいって。白瀬はお客様なんだから」

「一緒にやりたい。せっかく美味《おい》しいお昼をごちそうしてもらったし」

「まあ、そういうことなら」

そうして二人で一緒に食器洗いをすることになったのだが、分担方法としては、大和が洗った食器を聖良が拭いていくことになった。

二人で家事をやる体験は、なんとも新鮮なもので。大和は妙な気恥ずかしさを覚えながらも、黙々と食器を洗っていく。

先ほどまでは母親がいたぶん、大和は聖良を意識しすぎずに済んでいたが、今は違う。隣には聖良がいて、この家には今二人きりの状況。これで意識しない方が無理である。

大和は妙な居心地の悪さを感じていたが、そこで聖良の方から話しかけてきた。

「大和のお母さん、可愛い人だね」

「ただ天然なだけだよ。もう結構いい年なんだけど、危なっかしいというか」

「そうなんだ？　なんか私たちとあんまり変わらない気がしたけど」

「息子としては、とても複雑になる褒め言葉だな……」

「いいじゃん、優しそうだし」

　聖良が話を振ってくれたおかげか、だいぶ気まずさは和らいでいた。

　ここで聖良の母親の人物像を尋ねるのは、会話の流れとしては自然だろう。ただ、複雑な家庭環境にあることはわかっているので、安易に踏み込んでいいものか迷ってしまう。

　そんな大和の葛藤を察したのか、聖良がゆっくりと口を開く。

「少なくとも、私のお母さんとは全然違う。もう何年も、まともに口を利《き》いてないし」

「白瀬のお母さんって、どんな人なんだ？」

　せっかく聖良の方から切り出してくれたのだから、大和は思い切って尋ねてみた。

　すると、聖良は表情を曇らせながら言う。

「一言で言うなら、冷たい人かな。いつも無表情で、何を考えているのかよくわかんないし、お父さんには絶対に逆らわない――そんな人だよ」

　その説明だけだと、出会った当初の聖良を若干彷彿《ほうふつ》とさせるが、彼女自身がこう言うほどなのだから、よほどなのだろう。

「へぇ、ちょっと会ってみたいな」

「えっ？　私の話、聞いてた？」

「聞いてたよ。でも、もしかしたら見た目は白瀬に似ているのかと思ってさ」

「あー、そういうこと。大和は、私の顔がタイプみたいだしね」

「人を面食いみたいに言うなよ。……まあタイプだってことは、否定できないけど」

「でも残念、顔はあんまり似てないよ。どっちかって言うと、姉さんの方が似てるかな」

「へぇ、礼香《れいか》さんの方がお母さん似なのか」

「ちょっとがっかりしてる？　大和は、姉さんのことが苦手だもんね」

「そ、そんなことはないって！　礼香さんだって美人だと思うし。……まあ、性格は苦手かもだけど」

「あはは、今度姉さんに言っとく」

「やめてくれ！　なんか後々が怖いから！」

そんな風に会話をするうちに、食器洗いは瞬く間に進んでいき。

「よし、これで終わりだ」

「おつかれー」

そうして食器洗いが終わり、聖良が大きく伸びをする。

これでようやく勉強に入れるかと大和は思ったのだが、

「あれ？　勉強って、大和の部屋でやるんじゃないの？」

リビングのテーブルを大和が移動させたところで、聖良が不思議そうに尋ねてきた。

「いや、普通にリビングでやるつもりだったけど。俺の部屋は狭いし」

「えー、大和の部屋でやりたい。とりあえず見せてよ」

「……まあ、白瀬がそう言うなら」

自分の心音が大きく跳ねるのを感じながら、大和は聖良を自室に案内する。

「どうぞ、狭い部屋だけど」

「お邪魔しまーす」

広さにして六畳ぶんの部屋には、小さなテーブルとベッド、それに洋服棚が置いてある。他にはノートＰＣやテレビなどもあるが、特徴的なものは何も置いていなかった。

だというのに、聖良は「お～」と興味津々で室内を眺めている。

「そんなに面白いものはないだろ」

「ここで大和が暮らしているんだな～って思ったら、なんかワクワクするよ」

「そういうものか？」

「うん。あと、部屋全体から大和の匂いがして落ち着く」

「あのな……そういうこと、軽々しく言わない方がいいぞ」

「なんで?」

「なんでも、だ」

ここは曲がりなりにも男子の部屋で、今は家に二人きりなのだ。無防備にそういった発言をされては、大和も理性を保てるか不安になってしまう。

「ま、いいや。勉強しよ」

聖良は座布団《ざぶとん》の上に座って、テーブルの上に教科書を広げ始める。

「やっぱりここで勉強するつもりなんだな……」

「いいでしょ、大和の部屋でやりたいの」

「わかりましたよ」

思ったよりも押しが強いので、大和も渋々勉強道具を用意する。

とはいえテーブルは小さいので、二人だとギリギリといったところだが。

「じゃ、どこから始めよっか。なんでもいいよ」

「なら、まずは数学を頼む」

「九十パーセントのやつ?」

「それはもう忘れてくれ」

そうして二人で勉強に取り組み始めて。

最初のうちはそわそわしていた大和も、そのうち勉強に身が入るようになっていった。

というのも、邪念を振り払うべく、視線を聖良の方には一切向けなかったからだ。

そのまま二時間ほどが経過したところで、おもむろに聖良が立ち上がり――

「ちょっと休憩～」

ばさりと聖良はベッドにうつ伏せで倒れ込んだ。……大和が普段使っているベッドに。

「んなっ……」

「いいでしょ、べつに。この服もクリーニングしたばっかだし。――ていうかこのベッド、すっごく大和の匂いがする～」

「そういう問題じゃなくて……その、無防備すぎだろ。あと俺の匂いがするとか言うな」

「えー、いいじゃん。私たちだけなんだし」

聖良は仰向けになって、顔だけ向けてくる。

「大和も一緒に寝る？」

「はぁっ⁉　あ、あ、あのな！　からかうのもいい加減にしろよ！　俺は……えっと、適当に飲み物でも持ってくるから、そっちも気が済んだら再開するからな！」

「はーい」

部屋を出てからキッチンへ――は向かわずに、大和は洗面所で顔を洗う。

(落ち着け、俺……。今はテスト期間、何か行動に出るべきタイミングじゃない)

冷水を顔に浴びせてひと息ついたことで、ようやく大和は落ち着きを取り戻す。

「よし」

それからキッチンに入って、二つのコップにオレンジジュースを注いでから、貰《もら》い物のクッキーとともにおぼんに載せて、部屋に戻る。

自分の部屋ではあるが、扉を開ける際には一応ノックをする。

「入るぞー」

大和が断りを入れて部屋に入ると、聖良はベッドの上ですーすーと寝息を立てていた。

「マジかよ、自由すぎるだろ」

おぼんをテーブルの上に置いて床に座り、気持ちよさそうに眠る聖良の顔を眺めてみる。

目鼻立ちがくっきりとしているが、どこかあどけなさも残すその愛らしい寝顔を見ていると、なんだかこちらまで眠くなってきた。

「ふわぁ……。昨日、全然眠れなかったもんな」

その手を伸ばして、聖良の髪をさらりと撫《な》でる。

それから頬に触れると、ほのかな体温が伝わってきた。

彼女の寝顔を見ているだけで、胸の内が満たされるような気がした。こうしてその肌に触れられるだけで、どうしようもなく愛おしいと思えた。

無防備な仕草は、信頼の表れである。その無垢《むく》なる気持ちを裏切りたくはない。

だから今は、性欲ではなく睡眠欲という生理的欲求が押し寄せてきたことに感謝をしつつ、その身を任せてみようと思った。

「……白瀬はこっちの気も、知らないで……」

大和は微睡《まどろ》む意識に抗《あらが》おうとはせず、そのまま両の瞼《まぶた》を下ろした。


「ん……」

目を覚ますと、窓から夕日が差し込んでいるのがわかった。

知らぬ間に部屋の照明は消されていて、室内が淡いオレンジ色に包まれている。

「――ハッ！」

と、そこでようやく意識が覚醒する。

聖良と勉強会をしていた最中だったことを思い出したのだ。

しかし、目の前のベッドには誰の姿もなく。

代わりに、大和の背にはタオルケットがかけられていた。

「…………」

ごくり、と。聖良が横たわっていた形跡の残るベッドを眺めながら、大和は生唾を飲む。

そして念のために周りを見回してから、勢いよくベッドにダイブしてみた。

「おぉっ、これは……」

甘い残り香がして、なんとも言えない背徳感を味わってしまう。

これは間違いなく、大和の知っている聖良の匂いだ。果物とも花とも思える甘い香りが思春期男子のいろんな感情を刺激してきて、もうたまらなく悶《もだ》えたくなっていた。

端的に言って、大和は興奮していた。

「これは、すご――」

――がちゃっ、と。そのとき、躊躇《ためら》いなく扉が開かれて……そして閉じられた。

一瞬だったが、入ってこようとしたのが聖良であることは確認できた。

ゆえに、大和はサーッと顔から血の気を引かせていた。

（終わった……）

大和は絶望しながらも、身体《からだ》を起こして扉を開けると、部屋の前には聖良が立っていて。

「終わった？」

罵倒するでもなく、淡々と尋ねてくるのだ。しかもいつも通り、何を考えているのか読み取れないポーカーフェイスのままである。

思わず大和は頭を抱えてから、小さくため息をつく。

「その問いかけには問題があるけど、ひとまず見過ごしてくれたって理解でいいのか？」

「まあ、大和も男の子だもんね」

「デリカシー！　最初の問いかけもだけど！」

そこでようやく、聖良はムッとしてみせる。

「大和は今、私を批判できる立場じゃないと思うんだけど」

「そ、それは、おっしゃる通りで……本当に、すみませんでした」

「わかったならいい。夕飯ができたから、もうこの話はおしまいね」

「はい……」

どうやら聖良の謎すぎる寛容さによって、大和が社会的に消える必要はないようだ。

ひとまず大和がホッと安堵《あんど》したところで、リビングには母親の洋子が席についていて。

「ああ、呼んできてくれたのね」

「はい」

三人が席に着いたところで、洋子がニコニコしながら聖良に尋ねる。

「それで、やっぱりやってた？」

「おい、デリカシー！」

急いでツッコミを入れる大和をよそに、聖良は淡々と答える。

「まあ、終わったことなんで」

「間違ってないけど、適切ではないんだよな……」

呆《あき》れと落胆が入り混じる大和を見て、洋子は満足そうに笑う。

「うちの息子が人並みに青春を過ごしていることが知れて、お母さんは大満足です」

「ふふ、ならよかったです」

「食事前なんだから、二人とも自重してくれ」

「「はーい」」

そうして、三人で夕飯を食べ始める。メニューはオムライスにポテトサラダ、それにコンソメスープだった。どれも美味《おい》しそうである。

さっそくオムライスを一口食べた大和は、普段とは違うその味に驚いた。

「あれ？　このオムライスって何が入ってるんだ？」

「あー、それ私が作ったんだ。なんか棚にあったスパイスをいろいろ使ってみた」

「そんなアバウトな……というか、白瀬も作ってくれたのか？」

「うん。料理とかあんまり経験なかったけど、お義母《かあ》さまに教えてもらいながらね」

「へぇ、なるほど——って、お義母《かあ》さま？」

　せっかく聖良が手料理を振る舞ってくれたのだから、しっかりと味わいたいのだが、その呼び方にはツッコミを入れざるを得ず。ちなみに、味は不思議と癖になるものがあった。

　大和の問いかけに、聖良はきょとんとしながら、

「なんか、今度はそう呼んでほしいって言われたから」

「いや、『さま』付けって……母さんにはそんな欲求があったのかよ」

「こんな美少女には滅多にお目にかかれないだろうから、探求心が疼《うず》いてしまってね」

　悪びれずに言うお義母《かあ》さまこと洋子に対し、大和はジト目を向ける。

「だとしても、息子の友達にさせる呼び方じゃないだろ……」

「でも、ガールフレンドにならいいかなと思って」

「だから、その、俺たちは……」

　そこで大和は言葉に詰まりながら、ちらと聖良の方を見遣《みや》ると、

「ガールフレンド」

　視線に気づいた聖良がピースをしながらそう言ってきて、大和はボッと赤面した。

「ま、まあ、和訳すると女友達って意味ではあるからな」

「朝と言ってることが違うわ～」

「母さんはほんと、その軽口をもう少し自重してくれ」

そんな親子のやりとりを見て、聖良が楽しそうに笑う。

そのことが大和は嬉《うれ》しくて、自然と笑みを浮かべていた。

「気を付けまーす」

食後にデザートのプリンを食べてから、聖良は帰ることになった。

帰りはタクシーを拾うらしく、玄関で見送ることに。ちなみに洋子は二人に気を遣ってか、先ほどリビングで別れの挨拶を済ませていた。

というわけで、名残惜しく思いつつも、大和と聖良は向かい合う。

「今日はお家《うち》に招待してくれてありがと。ヨウちゃんと話すのも楽しかったし、大和が暮らしている場所を見られて嬉しかったよ」

「俺の方こそありがとな。テスト勉強もだけど、いろいろと息抜きにもなった気がする」

「それならよかった。——ねぇ、また来てもいいかな?」

「ああ、もちろんだ! ……今度は、その、テスト勉強とかじゃなくて、ただ遊びに来るだけでもいいというか」

「ふふ、そうさせてもらうね。それじゃ」

そう言って、聖良はドアノブに手をかけたところで立ち止まる。

「白瀬？　どうかしたか？」

「うーん。ただ、大和は私のお願いをどんどん叶《かな》えてくれるな〜と思って」

「まあ、家に呼ぶのに半年近くかかったけどな」

「それでも、ちゃんと叶えてくれた。やっぱり大和はすごいよ」

「いや、それを言ったら白瀬だって……」

そこで聖良はふっと微笑《ほほえ》んで続ける。

「本当にありがとね。それじゃ、バイバイ」

そう言って、今度こそ帰っていった聖良の背は、なぜだか寂しそうに見えて。

彼女の本当の願いは叶えられていない気がして、大和は歯がゆい気持ちになっていた。

聖良が帰った後、リビングに戻ると洋子が缶ビールを飲んでいた。

どうやらすでに酔いが回っているようで、顔が真っ赤である。

これは関わらない方がいいと判断した大和は、すぐさま自室に退散しようとしたのだが、

「いやぁ、それにしても良い子だったわねぇ」

まだギリギリ、ろれつが回っている状態の洋子に話しかけられた。

「白瀬のことか。母さんも、ずいぶんと気に入ったみたいだな」

「初めはねぇ、こんな可愛《かわい》い子が来るなんて、もしかしたら騙《だま》されているんじゃ〜、とか思ったけれど、全然違ったわねぇ。お母さん、悪いことしちゃったなぁ」

「もういいから、寝るならベッドにしろよ。明日も早いんだろ」

「休日出勤、反対〜っ！」

「ったく……テレビ、消すからな」

長年の勘からもう寝る兆候だと判断した大和はテレビを消して、その手から缶ビールを取り上げると、洋子は大きくため息をついてみせた。

「聖良ちゃん、お母さんのこと嫌だったかなぁ。なんか、謝られちゃったし」

「えっ」

聞いた直後は動じたものの、すぐにその理由に思い至る。

聖良はおそらく、自分の父親が洋子や倉木家のことを調べたことについて、今でも申し訳なく思っているのだろう。それゆえに、ひとまず謝罪をしたのだと思った。

事情に思い至った大和は、後頭部をかきながら言う。

「安心していいよ。白瀬は多分母さんのことを気に入っていたし、話せて楽しかったとも言ってくれた。それにきっと、また来るから」

「わ〜、それはそれで、やらしぃ〜」

「酔っ払いが……」

すぅと寝息を立て始めた洋子を見かねて、大和はその身体を抱える。なかなかの重量に顔をしかめながら寝室まで運び、ベッドに寝かせてから、ひとまず洗面所へと向かった。

それから諸々《もろもろ》、就寝の準備を済ませて自室へ。

「さて、少し早いけど寝るか」

大和はわざわざ独り言まで口にして、いよいよベッドとご対面。

照明を消してから思いっきりダイブすると、やはりまだ残り香があって。

（これは、眠れる気がしないな……）

そのまましばらく悶々《もんもん》としながら天井を眺めていると、ふと思いついたことがあった。

「お願い、か」

その後は、いつの間にか眠りについていた。

五話　遊園地と告白大作戦

週が明けると、瞬《またた》く間に中間テストの当日がやってきた。

文化祭ムードもすっかり落ち着いてきたところで、学生たちの気持ちは強制的に勉学の方へと向けられる。

中間テストの日数は、一学期と同様に四日間。

初日の朝から教室の中はピリピリとした雰囲気になり、直前に山を張ろうとする者や、寝てない自慢や勉強してない自慢をする者が現れたりと、テスト前特有の状況が生まれる。

そんな中で、特別に異様なオーラを放つ者がいた。目の下に隈《くま》を作り、それでもギラギラとした執念を感じさせる男子生徒——大和《やまと》である。

「お、おい、倉木《くらき》？　大丈夫か？」

瑛太《えいた》が心配そうに声をかけると、大和は不敵な笑みを浮かべてみせる。

「ああ、状態は万全だ。これならいける」

「お、おう、そうか。あんまり無理はしないようにな」

「それと新庄《しんじょう》、テストの最終日は少し時間をくれないか？　話したいことがあるんだ。環《たまき》さんにも同じ内容を伝えておいてくれると助かる」

「わかった、伝えておくよ」

瑛太の返事を聞くなり、大和は単語帳を取り出して、慣れた手つきでめくっていく。

そんな大和の様子を瑛太以外にも、聖良《せいら》が眺めていて。

それでも聖良は声をかけることはせず、頬杖《ほおづえ》をついて窓の外に視線を移した。


テスト期間は、普段の時間割とは異なるタイムスケジュールで進行する。午前中はテストに向き合い、昼過ぎには放課後を迎える——そんな特殊な状況が四日間も続いて。

ようやく最終日となる頃、大多数の生徒たちの顔には疲労の色が浮かんでいた。

しかし、大和は違った。未《いま》だにギラギラとしたオーラを纏《まと》ったまま、ただひたすらにテスト問題と向き合い続けていた。その猛進するような様子は見ている者を不安にさせるほどで、あれから瑛太に何度か心配をされるほどであった。

そうして、テストの最終科目を終えて。

チャイムが鳴ったところで、教室の雰囲気は一瞬にして弛緩《しかん》する。

そのまま正午にはＨＲに入り、担任の手短な説明とともに放課後を迎えて——

ガタッ、と。誰よりも早く、勢いよく大和が立ち上がったことで、室内に静寂が訪れる。

だが、それも瑛太が続けて席を立ったことで、すぐに元の喧騒《けんそう》を取り戻した。

そのまま大和は芽衣《めい》のもとに向かうと、瑛太も倣《なら》うようにして集まる。

「新庄に環さん、テストが終わった直後に時間をもらって悪い」

「いや、べつにいいぜ。それより、まだ顔が険しいままだけど大丈夫か？」

「もうテストは終わったんだし、気を抜いてもいいと思うよ」

二人が心配そうに言うものの、大和の表情から緊張感は抜けない。それもそのはずで、

「――例の件だけど、場所が決まったんだ。二人には、その話がしたくて」

例の件――それは、大和の告白についてである。ここ最近、大和がギラついていた原因に納得がいった瑛太と芽衣は顔を見合わせて、ひとまず廊下に大和を連れ出した。

「それならもちろん、相談に乗るぜ。でもまあ、肩の力は抜いた方がいいと思うけどな」

「うんうん、その方が上手《うま》くいくと思うよ。とりあえずは深呼吸をしてみよ」

「……ああ、そうだな」

芽衣に言われた通り、大和は深呼吸をしてみると、幾分か肩の力が抜けた。

「これでいいかな？」

「はい！　よくできました」

芽衣に頭まで撫《な》でられて、大和は少し照れくさくなる。

「俺、そんなに力んでいるように見えたかな」

「まあ、ね？」

「力んでるっていうより、盛《さか》ってる感じが――いてっ⁉」

芽衣に背中を叩《たた》かれて、瑛太が顔を歪《ゆが》めながら補足する。

「ま、まあ、男の最初なんてそんなもんだろ。その調子じゃ、テストも微妙な感じか」

「いや、テスト勉強はむしろ集中してやれたよ。テストは良い結果の方が、プラスな印象を与えられると思ってさ。これなら順位も自己ベストを更新できるかもしれない」

「マジか。倉木の愛のチカラ、すげえな」

「なんか、そういうのってかっこいいね」

「まあな」

「ツッコミのキレはないみたいだけどな……」

呆《あき》れる瑛太に構わず、大和はさっそく詳細を話し始める。

「まず場所だけど、東京と神奈川の県境にある大型の遊園地にしようと思ってる。日にちはちょうど明日から週末に入るし、明日か明後日《あさって》、白瀬《しらせ》の予定が合う方にするつもりだ」

その説明を聞いて、ぽかんとする瑛太と芽衣。

何かおかしなところがあったかと思い、大和は不安を募らせる。

「何かまずいところがあったか？　やっぱり、遊園地は定番だから狙いすぎかな……」

そこで芽衣がぐいと近づいてきて、大和の両手を握ってくる。

「まずくなんかないよ！　すっごくいいと思う！　わたしは大賛成！」

「ああ、オレも異論なしだぜ。むしろ、ちゃんとしすぎて拍子抜けしたくらいだっての」

「そ、そうか。ならよかった」

二人から好評されて、大和はホッとする。場所を遊園地に決めたのは、聖良にとって遊園地が印象深いものであり、五月に聖良が行きたいと言っていた場所でもあったからだ。

それに、デートの定番スポットでもある。その辺りのプランもすでに考察済みだ。

「にしても、律儀《りちぎ》にオレらへ確認を取るところが倉木っぽいよな。そんだけ固まっていれば、全然問題なんかないって」

「だねー。わたしは頼ってもらえて嬉《うれ》しいけど」

「いや、実はそのことなんだけど……」

口ごもる大和を前にして、瑛太と芽衣は不思議そうに首を傾《かし》げる。

「どうかしたか？」

「何かあるなら言って。遠慮なんかいらないよ」

その言葉に後押しされるように、大和は思い切って口を開く。

「実は、その日は二人にも来てもらえないかと思って」

頼み事の内容を把握した瑛太と芽衣は、拍子抜けした様子で頷《うなず》いてみせる。

「オレは全然いいぜ」

「わたしも、特に予定はないし」

「ほんとか！　ありがとう、なんか妙に緊張したよ……」

心底ホッとする大和。その様子を見て、芽衣は小首を傾げる。

「どうして？　むしろわたし的には行きたいと思ってたくらいだよ」

「そ、それは、その、完全に俺の都合だし、休みの日にわざわざ予定を作ってもらうのは、申し訳ないというか……。それに遊園地って、お金もかかるだろ。友達をこういうことに誘う経験って、俺はあんまりなくてさ」

そこまで聞いて合点《がてん》がいった芽衣は、照れながら微笑《ほほえ》む。

「えへへ、そういうことか〜。嬉しいよ、倉木くんにちゃんと友達って思ってもらえて」

「いやー、けど聖女さんのことはバンバン遊びに誘ってるんだよなー」

「そ、それとこれとは、話が違うというか……」

「違っていいんだよ！　もぉう、新庄くんは意地悪だなぁ」

「へいへい、すいやせんでした」

瑛太も照れくさそうに言うと、切り替えるように咳払《せきばら》いをしてみせる。

「んで、つまりオレらはカモフラージュってわけだろ？　告白見え見えのデートプランを見透かされないためのさ」

「え？　二人を誘ったのは、単純に俺と白瀬が二人きりになるのは気まずいからというか……告白当日だって意識したら、間が持たない気がして」

「あー、そっちか」

ビビリな理由に呆れながらも納得する瑛太に対し、大和は補足をするように言う。

「けどもちろん、そのときが来たらちゃんと伝えるよ。シチュエーションもばっちり決めてあるし、二人にはメッセで送っておく」

「お、おう」

「了解だよ」

「それとさっきメッセを送って、白瀬には教室で待ってもらってるんだ。これから誘いに行こうと思うんだけど……」

つまりは付いてきてほしいのだと、瑛太と芽衣は察した様子で頷いた。

そうして三人は教室に戻り、退屈そうに窓の外を眺める聖良のもとへと向かう。

すでに他の生徒は残っていない中、聖良の席に着くなり、大和は意を決して口を開いた。

「あ、あのさ、明日か明後日、予定を空けてほしいんだ！」

「ん？　なにかあるの？」

「いや、その……文化祭のおつかれ会をやりたいというか」

「打ち上げってやらなかったっけ？」

「えっと……」

告白を意識したせいか、緊張のあまり言葉に詰まる大和を見かねて、瑛太が前に出る。

「いやぁさ、文化祭＆テストのおつかれ会をやろうぜって話になったんだよ。文化祭の後にはすぐ中間テストがあったし、な〜んかまだ発散しきれてないって感じがしてさ」

コクコク、と芽衣も隣で同調するように頷いてみせる。

「へー。ちょっと待ってね」

聖良はスマホを取り出して、スケジュールを確認し始めた。

それからどこかへ手早くメッセを送ってから、すぐに顔を上げる。

「うん、いいよ。明日なら」

その瞬間、大和の視界がパァッと開けていく気がした。

窓から差し込む真昼の陽光を浴びながら、聖良もふっと微笑んでみせる。

「でも珍しいね。大和、すごく緊張してた」

「ま、まあな」

その後ろで瑛太と芽衣がハイタッチをする中、大和はゆっくりと言葉を続ける。

「白瀬に、ちゃんと伝えたいことがあるからさ」

「「えっ⁉」」

その言葉に、後ろでバカ騒ぎをしていた瑛太と芽衣はぎょっとして固まる。

対する聖良は笑みを深めて言う。

「奇遇だね。私も大和に、話しておきたいことがあるんだ」

「「ええっ⁉」」

瑛太と芽衣は素っ頓狂な声を上げて、目を泳がせている。

聖良のそんな言葉には大和も驚いていて、思考が一瞬だけフリーズした。

けれど、大和はすぐに持ち直して尋ねてみる。

「それって、今はまだ話せないことなのか？」

「うん、ちょっと話しづらいかも。だから、明日話すね」

「ああ、わかった」

内心では大和も動揺していたし、正直どこかで万が一を期待しそうになる自分がいる。

ただ、これで引くに引けない状況になったことも事実なので、浮かれそうになる気持ちと緊張感が五分五分になって、大和の心中をせめぎ合っていた。

「それで、どこに行くの？」

「えっと、遊園地に行こうと思うんだ」

「へー、遊園地か。楽しみ」

にこっとする聖良を見て、大和の心は大きく弾む。

「だから明日は、昼前に駅集合な。メンツは他に、新庄と環さんが来る予定だ」

「あー、おつかれ会だもんね。わかった」

気のせいか、聖良は少し残念そうに見えた。

とはいえ、今さら大和にプランを変えるという選択肢はない。このぶんは、明日のおつかれ会――という名のデートで取り返そうと思った。

「それじゃ、私はそろそろ行くね」

「ああ、また明日」

「うん、バイバイ」

挨拶を交わした後、聖良は教室を出ていく。

ふぅ、と緊張の糸が切れて座り込む大和に対し、瑛太が肩に手を置いてくる。

「ま、明日は頑張ろうや」

「ああ、よろしく頼むよ」

来たる明日に備えて気合いを入れるように、大和は勢いよく立ち上がった。

◇

遊園地デートの当日を迎えた。

最近はずっと寝不足ぎみだったせいか、大和が起きたのは十時半過ぎで――

「――って、寝坊した！」

集合は駅前に十一時。今から急いで準備をすれば、ギリギリ間に合うはずである。

顔を洗って歯を磨き、事前に決めておいた私服に着替え、ワックスで髪を手早く整えて……そうして身支度を済ませるなり、大和は急いで家を出る。

今日の天気は予報的に晴れのち曇りのはずだが、すでに曇天模様が広がっているのが幸《さい》先《さき》悪く感じてしまう。念のため、鞄《かばん》には折りたたみ傘を入れておいた。

ちなみに、前準備のネットリサーチとイメージトレーニングはぬかりない。あとは想定通りのシチュエーションを作り、本番でしっかり気持ちを伝えるだけである。

（——夕暮れ時の観覧車で、俺は白瀬に告白してみせる）

そう大和が意気込む通り、想定するシチュエーションは夕暮れ時の観覧車内だ。事前に瑛太や芽衣にも確認を取ったところ、お墨付きを貰《もら》ったシチュエーションである。

そのためにも日中は、聖良にめいっぱい楽しんでもらうつもりだった。

というのに、出だしから遅刻寸前。

全力疾走をしているせいで、セットした髪はぐちゃぐちゃ。おまけに十一月も間近だからと、パーカーの上にジャケットを合わせたのが仇《あだ》となり、今や暑さで汗だくである。

しかし、後悔をしたり後先を考えている余裕はない。

ただひたすらに走り続けて、十一時を回ったところでようやく駅に着く。

そこで真っ先に目に入ったのは、私服姿の聖良だった。

黒いタートルニットにチェック柄のジャンパースカートを合わせている秋らしいコーデは、とてもオシャレで可愛《かわい》らしい。

そんな聖良は目が合うなり、ひらひらと手を振ってくる。

ドクン、とその瞬間に鼓動が高鳴った。

今日、彼女に告白する——。

それを大和は意識して、怖気《おじけ》づいてしまいそうになる気持ちを隅に追いやった。

「悪い、遅れた」

「やっほ。数分は誤差でしょ」

「ありがとな、そう言ってもらえると助かるよ」

そこでようやく、周りには瑛太や芽衣、それにもう一人の姿もあることに気づいて——

「——って、どうして香坂《こうさか》さんまで⁉」

驚いたことに、なぜか椿《つばき》までいたのだ。オレンジカラーのニットに、デニム生地のスキニーパンツを合わせたコーデがとても似合っている。

「こんにちは、大和先輩。文化祭ぶりですね」

そう挨拶をしてきた椿は、気まずさのせいか笑顔がぎこちない。

理由を求めるように瑛太や芽衣の方を見ると、二人は揃《そろ》って首を左右に振る。

だとしたら、呼んだのは聖良ということになるわけで。

大和が視線を向けたところで、聖良は悪びれもせずに言う。

「あー、おつかれ会なら椿も呼んでいいかなと思って。椿の高校も中間テストが終わったばっかりみたいだし」

「いや、それはいいんだけど、せめて事後報告はしてくれよ」

「そこはサプライズ的な。びっくりしたでしょ？」

「そりゃあ、びっくりしたけども！　……ったく、相変わらずだな白瀬は」

頭を抱える大和のもとへ、芽衣と瑛太が近づいてくる。

芽衣は山吹色のブラウスにチェックのスカートを合わせて、可愛らしくも上品に。瑛太はジージャンに黒のパンツを合わせたラフな恰好《かっこう》をしていた。

「どんまいだよ、倉木くん。フォローはこっちに任せて」

「そういう意味でも、今日はオレたちが来て正解だったな」

「ありがとな、二人とも。けど、フォローって？」

「ううん、なんでも」

「倉木は気にするなってこった」

その意味深な言葉は少し引っかかったが、大和は言われた通り気にしないことにした。

「それじゃ、行くか」

「「「おーっ！」」」

それから電車に乗ること三十分ほどで、目的の遊園地の最寄り駅に到着した。

ここから出ているバスに乗って、さらに五分ほどで遊園地のエントランスに着く。

各々《おのおの》が入場券を購入してから、いざ入園——。

そこには数々のアトラクションが稼働《かどう》する、まさしく大型遊園地の光景が広がっていた。

休日のお昼ということで、園内は家族連れやカップルに学生の団体など、多くの客たちで混雑しているようだ。

どのアトラクションも一時間程度の待ち時間が表示されているが、それも大和にとっては想定内。事前にネットで人気アトラクションの時短チケットは予約済み……なのだが。

（まずい、時短チケットが四枚しかない……っ！）

まさか椿が来るとは思っておらず、当然ながら予約したのは四人分のチケットのみで。

つまりは一人分、時短チケットが足りていないのだった。

せっかく引いた汗が再び噴き出したところで、事態を察した瑛太が肩を組んでくる。

「安心しろ、オレが生贄《いけにえ》になってやる」

「新庄……」

「一人で回る遊園地も乙なものだぜ。ただし、この埋め合わせはいつかしろよな」

そうは言いつつも、瑛太の顔は引き攣《つ》っていた。どうやら大和たちがスムーズに楽しめるよう、瑛太は時短チケットを使わずに一人でアトラクションを回るつもりらしい。

「……本当にごめん、埋め合わせは必ずする」

「おうよ！　成功を祈ってるぜ！」

瑛太は大和の背中を押してから、「悪い、ちょっと急用ができたから、オレはこっから別行動をさせてもらうわー。気が向いたらまた合流するぜ」と周りに言って、どこかへ去っていった。

そんな瑛太の姿を見送りながら、椿が気まずそうにする。

「新庄さん、どうかなさったんでしょうか。もしかして、わたしがいることで気を悪くしたのではないですか？」

「い、いや、そうじゃないと思うけど」

「椿が関係してることなら、私のせいってことだよね。あとで謝っとかないとな」

「あはは……」

あながち外れてはいない聖良の気遣いに、大和は苦笑するしかない。

そこでなんとなく事態を察したらしい芽衣は、表情を引き締めて言う。

「よし！　せっかくの遊園地だし、全力で楽しもう！」

芽衣がそう言ったことで、聖良と椿もなんとか気持ちを切り替えたようだ。

そうして一騒動あったものの、遊園地を堪能《たんのう》することに。

まずはさっそく、一番人気のジェットコースターに乗ることになった。木々が生い茂る自然満載の長距離コースを滑走するとのことだ。

「わ、わたし、こういうの初めてで……」

時短チケット利用者の列に並んでいる最中、椿がぶるぶると震えながら弱音をこぼす。

すると、聖良が椿の頭をなだめるように撫《な》でながら、

「大丈夫、落ちるときはみんな一緒だから」

「えっ⁉ 落ちるって……？」

聖良がだいぶズレた言葉をかけたせいで、怖がる椿は聖良にべったりとくっついた。

ゆえに、大和は聖良の隣に座ることを諦めていたのだが。いざ乗る順番が回ってくると、椿は「芽衣ちゃん、隣に座ってください！」と言って、なぜか芽衣を隣に座らせた。

そのおかげで、大和の隣には聖良が座ってくる。予想は外れて聖良の隣に座ることができたわけだが、それはそれで緊張してしまう。

いざ至近距離で隣に座ると、どうしても顔を直視することができず。

(こんなんで今日、ちゃんと告白できるのか……？)

そんな風に大和が弱気になって、自身の膝上で震える握りこぶしを見つめていたら、

「あれ？ もしかして、大和も絶叫系とか苦手？」

「いや、俺は——はへぇ⁉」

そこで、大和は素っ頓狂な声を出してしまう。というのも、聖良が手を握ってきたのだ。

「こうしていれば、ちょっとは楽になるかな？」

「は、はは、ははは……」

「大和？」

「あ、ああ。少なくとも、ジェットコースターどころじゃなくなるよな」

「そうなの？　ならよかった」

聖良は大和の気持ちを落ち着ける目的で手を握ったようだが、実際には落ち着くどころか、心拍数はとんでもないことになっていた。

そしてコースターが動き出す。じりじりと焦《じ》らすように傾斜のついたコースを上がっていき、大和たちの後ろに座っている椿と芽衣が悲鳴にも似た声を上げている。

その間、大和はといえば、自身の手汗がすごいことを気にしていて……。

「おー、まだ上がるんだ」

隣に座る聖良は、怖がる素振りも見せずに呑気《のんき》な調子で言う。

最高到達点に着いたところでようやく、大和もジェットコースターに乗っていることを意識し始めて――その瞬間、コースターは急降下する！

「「「わぁぁ――っ⁉」」」

コースターは下りのコースを落ちるように滑走し、大和たち三人はとにかく絶叫する。

そんなときも楽しそうな笑い声を上げる聖良を見て、大和は視線が釘付《くぎづ》けになる。

「あはははっ」

すると、気づいた聖良が笑顔を向けてきた。

そうして大和からすればあっという間に、コースターが終着点に着いていた。

「ん～、楽しかったね。また乗りたい」

「ま、まあ、慣れてしまえばターンするのとそう大差はありませんね」

余裕たっぷりの聖良に対抗するように、顔色を悪くした椿が強がってみせる。

「うぅ、気持ち悪い……」

芽衣がくらくらと足元をふらつかせていたので、心配になった大和が肩を貸す。

「大丈夫か？　少しどこかで休んだ方がいいかもしれないな」

「あっ、倉木くん……。ごめんね、そうさせてもらいたいかも」

「そこのベンチが空いているから、白瀬たちと座っていてくれ」

「うん、ありがと」

芽衣たちをベンチに座らせてから、大和はドリンクを買いにフードコートまで走る。

それから大和は両手に三つのドリンク（オレンジジュース入りのプラスチック容器）を抱えて戻ると、芽衣たちの座るベンチ前には明らかにナンパ目的の男たちが集まっていた。

「あの、連れなんで」

躊躇《ためら》いなく大和が声をかけると、大学生らしき男たちは一斉に視線を向けてくる。

しかしそれにも構わず、大和は手にしたドリンクを三人に配っていく。

「へぇ。男が君一人なら、おれたちも混ぜてくんないかな？」

男のうちの一人がへらへらとした態度で言いながら、大和と肩を組もうとしてくる。

だが、大和はその手を振り払って睨《にら》みつける。

「体調が悪い子もいるので、他を当たってくれませんか？　それとも係の人を呼びましょうか？」

毅然《きぜん》とした態度で大和が告げると、男たちは舌打ち交じりに去っていった。

「ふぅ、大丈夫か――って、なんだよその顔」

一息ついた大和のことを、三人は目を丸くしながら見つめていたのだ。

芽衣はちびちびとストローに口を付けながら、目をぱちくりとさせて言う。

「倉木くんって、ああいうときに頼りになるんだね。すっごくかっこよかったよ」

「えっ、いや、環さんが体調悪そうだったから、必死だっただけというか……」

「わたしも、正直意外でした。ジェットコースターが平気なことも含めて、改めて……ごほん、尊敬し直したというか」

椿まで素直に褒めてくるものだから、大和はたじたじになってしまう。

先ほどは芽衣の体調を気にしていたからこそ、ビビる余裕もなかったわけだが。とはいえ、聖良と一緒に過ごす中で、ああいった手合いに慣れてきたのも事実である。

「さすがは大和だよね。大人しく待っててよかった」

トドメに聖良から笑顔で言われて、大和は赤面しながら背中を向けるほかなかった。

「あれ？　倉木くん、飲み物は？」

気づいた芽衣が尋ねると、大和は思い出したように言う。

「ああ、自分のぶんを頼み忘れてて。べつに喉は渇いてないし、気にしないでいいから」

「だったら私のをあげるよ」「でしたらわたしのぶんをどうぞ」

そこで同時に申し出た聖良と椿が、顔を見合わせて沈黙する。

思わぬ事態の発生に、大和は救いを求めるつもりで芽衣の方を見遣《みや》ったのだが、

「じゃ、じゃあっ、わたしも！」

どうやら催促されていると勘違いしたらしく、芽衣までドリンクを突き出してきた。

「いやいやいやっ、だったら自分のぶんも買ってくるから！」

「いいから、飲んじゃいなよ」

そう言って、聖良が大和の口にドリンクのストローを差し入れてくる。堂々と間接キス

をしてしまったところで、椿も「どうぞっ」と赤面しながらストローを差し込んできた。

（ちょっ、二本同時はさすがに……っ）

「えいっ」

するとそこで、芽衣までストローを差し込んできて――

「――ごほっ、ごほっ……いくらなんでも、三本同時は無理だって」

むせた大和を見て、三人とも謝罪をしながらストローを引っ込める。その後、聖良は気にせずストローに口を付けていたが、他二人はもじもじとしながらも口を付けていた。

普段の大和であれば、このような事態が起こればしばらく悶《もだ》えてしまうところだが、今日だけは違う。

聖良に告白する――といういわば人生の一大事に挑む日であり、そんなイレギュラーな状況が迫っていることで、大和の気分はハイになっていた。

ついでに言ってしまえば、予定外に椿が来ていたり、最初のアトラクションの直後に休憩を挟んでいる時点で事前に立てたプランは完全に瓦解《がかい》しているわけだが、その程度で今日の大和はうろたえないのだ。

というわけで、大和の気持ちはすぐさま次の動作に移る。

次に乗るのはキーポイントとなるアトラクション、メリーゴーランドへいざ――

だが、メリーゴーランド乗り場に着くなり、聖良は興味なさそうに告げるのだった。

「──私、乗らない」

「えっ、どうしてだ？」

困惑する大和に対して、聖良はぷいっとそっぽを向いて言う。

「メリーゴーランドに乗るのは夜がいいから。そっちの方が雰囲気あるし」

「そうですか……」

完全に失念していた。聖良の行動原理を察することは、容易ではないということを。ここでがっつり楽しんでもらおうと考えていた大和は、思考をフリーズさせる。

次はどこへ行くべきか。考えがまとまらない大和を見て、聖良が逆方向を指差して言う。

「次はコーヒーカップに乗りたいな。あと、一気に落ちるやつとかも乗ってみたい」

「おう、ならそうするか！　──二人もそれでいいかな？」

と、大和が気を取り直して椿と芽衣の方を見遣ると、何やらこそこそと話していた。

しかし、大和に声をかけられたことで、二人とも笑顔になって頷《うなず》いてみせる。

（あの二人、ほんとに仲が良いんだな）

見ていて微笑《ほほえ》ましくなった大和は、そこでふと瑛太のことを思い出し、コーヒーカップの順番待ちの間に『今なにやってる？』とメッセを送る。

　すると、すぐさま瑛太から画像が送られてきて、確認した大和は驚いた。

　その画像では園内のフードコートで、瑛太が保健の先生――養護教諭の藤田《ふじた》先生とともに、ピースを決めて映っていたのだ。後ろには、三人の小さな子供まで映っている。

　大和は動揺しそうになる気持ちをぐっと抑えて、『どういうことだ？』と返信する。

　すぐに瑛太から返事があり、『あっちもたまたまこの遊園地に甥《おい》っ子たちと来てたみたいでさ！　運命ってすごいよな！』と、テンション高めに説明された。

（よかったな、新庄）

　これで瑛太の方を気にする必要はなくなり、大和は清々《すがすが》しい気分で『頑張れよ』と送る。

　すると、『そっちもな！』と返事があって、大和は気合いが入るのを感じた。

「なんか大和、嬉《うれ》しそうだね」

「まあな。新庄の方も上手《うま》くやってるみたいでさ」

「そうなんだ？」

「さて、コーヒーカップを回すか！」

「だね」

　そうして意気込み十分で挑んだコーヒーカップでは、四人で回し過ぎたせいで、回転速度はすごい勢いとなり……終わった頃には、聖良以外の三人は目が回っていた。

続いて入ったお化け屋敷《やしき》では、恐怖心から絶叫する椿に大和は揉《も》みくちゃにされて、芽衣は恐怖のあまり放心状態になり途中でリタイア。聖良だけはけろっとした状態のまま、大和は疲労困憊《ひろうこんぱい》することになった。

「ぜぇ、ぜぇ……遊園地って、こんなにハードなものでしたっけ」

顔を強張《こわば》らせる椿は、苦笑しながら大和に問いかけてくる。

「ま、まあ、メンツによるとは思うけど」

「そういうものですか……」

本来、大和もお化け屋敷や絶叫系アトラクションは苦手だが、自分よりも怖がる相手がいたり、かと思えば平然としている相手がいたりすると、どうにも平気に感じられた。

それからも適度に休憩を挟みながら、様々なアトラクションに乗って園内を回る。

予想はしていたことだが、聖良が怖がったりこちらを頼ってくるようなことはなく、ただひたすらに楽しんでいるように見えた。

初めは告白することばかりを意識していた大和だったが、そんな聖良の立ち居振る舞いのおかげか、途中からは純粋にアトラクションを楽しめていた。

そうして、時間は瞬《またた》く間に過ぎていき。

気が付けば、日が暮れていた。

すでに時刻は午後六時過ぎ。園内の客の数もまばらとなり、待機列が空いているアトラクションも目立つようになった。

当初の予定ではもう少し早い段階で芽衣たちとは別れて、大和と聖良が二人きりになる状況が生まれる手筈《てはず》だったのだが、今は事情を知らない椿もいる状況だ。

ゆえに、予定はずれ込んでいた。いっそ椿に作戦のことを説明するかとも思ったが、椿が聖良に片思いをしている可能性があると考えていた大和は決断できずにいた。

「あの、すみません。ちょっといいですか」

そこで椿が真剣な様子で進み出たかと思えば、大和のことを真っ直《ます》ぐに見つめてきた。

「うん、どうかした？」

「実はわたし、そろそろ帰らないといけなくて。最近は帰りが遅いと、両親が心配するものですから」

そう語る椿はどこか気まずそうに見えて、大和は返答に困ってしまう。

「そ、そうか。えっと、帰りは――」

「いえ、わたしは一人で帰りますので、あとはみなさんでどうぞ」

そのとき、椿が聖良に目配せをしたように見えた。

それに聖良も頷き返していて、もしかすると二人の間ではすでに、何かしらの話は通してあるのかもしれないと思った。

「えっと、わたしもそろそろ帰ろっかな。今日はお家《うち》で夕飯を作らないといけないし」

続いて芽衣もそう申し出るとともに、大和に対してグーサインを向けてくる。

「わかった。……それでなんだけど、白瀬さえよければ、もう少し残らないか？」

思い切ってそう口にすると、聖良はすぐに頷いてみせる。

「うん、残る。まだ話したいことも話せてないし」

「そうだよな、俺もだよ」

そうして芽衣と椿とはそこで別れて。

当初の予定通り、どうにか聖良と二人きりになれたわけだが。

「…………」

どう会話を切り出せばいいのか大和はわからず、つい黙り込んでしまう。

意外なことに聖良も緊張しているようで、二人の間には微妙な空気が生まれていた。

だが、時間は限られている。すでに日は沈み、辺りは夜の暗がりが広がり始めていた。

「──あのさ」」

と、切り出すタイミングが重なってしまった。

互いに微笑んでから、聖良が先に言うよう促してくる。

屋外灯が園内を等間隔に照らし、気づけば辺りはカップルばかりが目に付くような状況になっていて。

そこで大和は勇気を出して、観覧車を指差してみせる。

「話はあそこでしないか？」

「うん、賛成。夜の観覧車って、なんか私たちらしいもんね」

「だな」

（本当は夕方に話すつもりだったけど、これも結果オーライか）

予定通りにいかないところも自分たちらしいと、すでに大和は思い直していたのだが。

ぽつり、と。

そこで鼻先に冷たい雫《しずく》が落ちてくる。

「雨？」

聖良が呟《つぶや》いた通り、雨が降ってきた。それも、瞬く間に勢いを増していく。

「やば、降ってきた！」

「ああ、急いで——観覧車に行こう！」

「うん！」

雨宿りは観覧車で。

きっと聖良なら、そう言うと思ったのだ。

急な雨のおかげで、観覧車に並んでいたカップルたちはずいぶん数を減らした。

それでもやはり何組かは並んでいて、順番待ちの最中に濡《ぬ》れたら風邪を引くと思い、大和は折りたたみ傘を取り出す。

「その、風邪を引いたら困るから」

「ナイス～」

遠慮なく、聖良が大和の広げた傘に入ってくる。

急に距離が近づいたことで、ふわりと甘い匂いが大和の鼻腔《びこう》をくすぐった。

すでに鼓動はうるさいくらいに高鳴っていて、緊張から手が震え出しそうになる。

ただ、もう覚悟は十分に決まっていて。

ブーッ、とそこでスマホが新着のメッセを報《しら》せる。確認すると、相手は椿だった。

『芽衣ちゃんから事情は聞きました。全て上手くいくよう、陰ながら応援しています』

そんな気遣いのある文章を確認して、大和はさらに勇気をもらえた気がした。

すぐさま、『ありがとう、がんばるよ』と返信した。

そのとき、ようやく大和たちの順番が回ってくる。

「お、順番きたね。寒くなってきたから助かる～」

「意外と早かったな。その点は雨に感謝だ」

係員に案内されてゴンドラに乗ると、中は思ったよりも広々としていた。向かいに座る聖良との距離も、予想していたより遠い。もっとも、聖良の祖父が経営していた遊園地の観覧車が小型だったというのもあるかもしれないが。

「やっぱり大きい遊園地の観覧車は違うね。おじいちゃんのとこは膝がぶつかったのに」

「俺もちょうど同じようなことを考えていたよ。こっちはレバーが錆《さ》び付いているようなこともなさそうだしな」

「むぅ、お客さんを入れてたときにはちゃんと整備されてたってば」

「はは、そりゃそうか」

「それに、こっちの方が寒く感じる」

そう言って立ち上がった聖良は、そのまま大和の隣に座ってきた。

「し、白瀬、さん……これはちょっと、近すぎるんですが……」

「寒くて」

確かにこの時期は、夜になると気温が急激に下がる。それも雨が降っている状況では、なおさらだ。ゆえに大和は上着のジャケットを脱いで、聖良の背に羽織らせた。

「ありがと。でも大和は寒くないの？」

「俺は全然。むしろ暑いくらいというか」

「そうなんだ？」

至近距離で聖良が不思議そうに見つめてきて、それが大和の体温をさらに上げる。

べつに、強がりや見栄《みえ》を張っているわけではないのだ。聖良を意識するだけで、大和はなおも身体《からだ》が熱を帯びるのを感じていた。

「ほら見て、外が綺麗《きれい》だよ」

窓の外を指差して、聖良がはしゃぐように言う。

五月のあのときのように、雨に濡れた園内は色とりどりの照明にライトアップされていて、とても鮮やかに輝いている。

けれど、あのときとは違って、視点がとても高い。広い敷地《しきち》内を見下ろす形で一望できるこの場所は、まさしく絶景だった。

「ああ、すごく綺麗だな」

「こんな景色を、大和と一緒に見られて嬉しい」

聖良は心底嬉しそうに微笑《ほほえ》みながら、そんな言葉を真っ直ぐに伝えてくるものだから、聞いている方はどうしても照れてしまう。

だが、それでも。

「俺も、白瀬と一緒にこんな景色を見られて嬉《うれ》しいよ。これだけでも、夢みたいだ」

照れながらでも、大和は思ったことを正直に伝えた。

すると、聖良は幸せそうに笑みを深める。

ごくり、と。そこで大和は生唾を飲む。

緊張のせいで、手に汗が滲《にじ》む。

喉がからからに渇いてしまい、どうにか咳払《せきばら》いをして対処しようとする。

――告白。

これから聖良に告白する。

その事実を意識するだけで、顔から火が出そうなほどに恥ずかしくなる。

けれど、この気持ちは偽らざる本心だ。

きっと、ずっと前から意識はしていた。でもその気持ちを認めてしまえば、伝えてしまえば、この居心地のいい関係は崩れてしまうだろうと――そう思い、無意識に蓋をしてきたのかもしれない。

だがそれも、今日で終わりだ。もう、気づいてしまったのだから。

結果がどちらであろうが、大和の決意は変わらない。

聖良に拒まれない限りはそばにいると誓ったのだ。この決意は生半可なことで揺らいだりはしないと、今の大和なら自信を持って言える。

ゆえに、気持ちを伝えようと決心することができたのだ。

すぅ、はぁ、と小さく深呼吸をする。

そこでちょうど、観覧車の一番上にゴンドラが到着した。

ぐっと拳を握り込み、大和は隣に座る聖良の方を向いて――

「あのさ、白瀬、実は――」

「待って」

目が合った聖良はすぐさま大和の言葉を遮り、人差し指を大和の口元に触れさせてきた。

勢《そ》いを削がれた大和は、動揺しながら固まってしまう。

「し、白瀬……？」

「私の方から話していいかな。――ううん、話したい。話させて」

「えっと、それは……」

その真剣な眼差《まなざ》しに見つめられたら、簡単には異を唱えられなくなる。

この状況で伝えることなど、今の大和の頭の中には一つしか思い浮かばない。

つまり、聖良は……と、現実味を帯びない期待が大和の胸中に生まれてしまう。

それでも、大和は自身のプライドから、『こういうことは俺の方から伝えたい』という考えを頭に巡らせていた。ゆえに、

「ど、どうしてもか？」

「うん、どうしても。一生のお願い」

「い、一生の……わかった」

聖良の口から『一生のお願い』などと言われたら、もう何も言うことはなかった。

大和は完全に頭を切り替えて、聖良の言葉を受け入れる準備をする。

目の前のとんでもなく可愛《かわい》らしい少女の決意する顔を見つめながら、浮つきそうになる気持ちを一生懸命に抑えた。

すると、大和の準備が整ったことを確認したからか、聖良は意を決したように口を開き

——

「——私、転校するんだ」

その言葉は、淡々と告げられた。

「えっ……」

一瞬、大和は言葉の意味が理解できずにいた。

しかし、寂しげに笑う聖良の顔を見ていたら、否《いや》が応《おう》でも理解させられる。

聖良は自分が転校することになると、そう告げたのだと。

事前に予想していた話とはまるで違う内容を突き付けられて、大和はひどく動揺していた。頭では理解しても、心の方が追いついてきていなかった。

転校。──つまりは、聖良の通う学校が変わる。

朝、挨拶を交わすことも、昼休みに屋上で一緒にお昼を食べることも、放課後に別れの挨拶を交わすこともなくなる。見慣れた制服姿を見ることもできなくなるわけだ。

先ほどまでの浮ついていた気持ちなど、とうに消え失《う》せている。今はこの最悪の事態をどう受け止めればいいのか、大和はそればかりに必死になっていた。

言葉を失う大和を見て、聖良は申し訳なさそうに目を伏せる。

「ごめんね、いきなりだったよね。本当はもう少し早く伝えたかったんだけど」

まるでもう、決まっているかのように。

それを聖良本人はとうに受け入れてしまっているかのように、聖良は静かに言った。

そんな風に諦観して、自嘲ぎみに笑う彼女の姿を大和は見たくなかった。

「なんだよ、それ」

ようやく大和の口を突いて出た言葉は、そんな言葉で。

そのまま聖良の両肩を摑《つか》んで、大和は訴えかけるように言う。

「どういうことなんだよ、いきなりなんだよ!?　転校って、意味がわからないぞ！」

「大和、痛いよ」

「――ッ！　ご、ごめん……」

大和は声を震わせながらもその手を離し、それでも形容しがたい気持ちのぶつけどころに困って、両の拳を強く握り込んだ。

「びっくりさせちゃったのは謝るよ、本当にごめん。でも、べつに二度と会えなくなるってわけじゃないから」

「二度と会えなくなるわけじゃ、って、そんなの当たり前だろ。だいたい、転校ってどこに行くつもりなんだよ」

抑えきれない感情をぶつけるように、いつもよりも乱暴な口調で大和は問い質《ただ》す。

すると、聖良はぽそりと呟《つぶや》くように、都内でも有名な女子校の名を口にした。

「それ、都内じゃないか。ずいぶんと近いんだな……。それで、時期は？」

少し頭が冷えた大和は、おそるおそる尋ねてみる。

聖良はぎこちなく笑ってから、「二週間後」と答えた。

「……急すぎるだろ」

「ほんとは二学期中だけでも残りたかったんだけどね」

「…………」

再び言葉を失う大和に対して、聖良は淡々と語り出す。

「転校先の学校って、芸術系の方面に強いところみたいでね。全寮制なんだけど、届け出さえ出せば、深夜帰りも許されるみたいなんだ」

「……でもそれって許可が出ればの話で、つまりは遊んだりできないってことだろ」

「うん。大学も附属の方になる可能性が高いし、仕事のために転校するわけだから、自由時間とか全然取れないかも」

「そんなの……」

大和は首を左右に振って、自分の正直な気持ちをありのまま伝える。

「俺は絶対に、嫌だ」

「大和……」

その答えは意外だったのか、聖良はぼんやりとしてみせる。

続けて大和は思いの丈をぶつける。

「おかしいことじゃないだろ。会えないんじゃ、都内にいようが海外にいようが俺からすれば同じことだ。ここ最近だって白瀬と放課後にはほとんど遊べていなかったけど、それでも平日の朝から夕方までは学校で顔を合わせることができた。昼は屋上で一緒に昼飯を食べて、学校行事があれば一緒に協力することができただろ。――だからまあ、しょうがないかって。ほんとは今までみたいに放課後だって遊びたかったし、一緒に下校もしたかったけど、忙しいなら仕方がないかって、そう思ってたんだ」

勢いよく話し続ける大和の言葉を、聖良は黙って聞いている。

相槌《あいづち》すらないことに大和は苛立《いらだ》ちながらも、どうせならと言葉を続ける。

「だいたい、今やっている仕事だって、親に無理やりやらされていることなんだろ。俺や母さんのことを人質にされてさ。白瀬が本当にやりたいことなら俺だって我慢するけどさ、そうじゃないのに、この上学校で会う時間まで奪われるなんて耐えられるかよ」

なおも目を伏せながら黙る聖良に対し、大和は言葉を続ける。

「来年は受験があるし、遊べる時間はどうせ減っていたと思う。だけど、一緒に勉強することはできたはずだし、それが無理でも、俺は白瀬と支え合いたいって思っていたよ」

そこでもう一度、大和は聖良の両肩に手を置く。今度は優しく触れるように意識した。

たくさんの思いを口にして、頭が冷えて考えが整理できた大和は、ゆっくりと尋ねる。

「白瀬は違うのか？　本当はどうしたいのか、白瀬の思っていることを――望んでいることを、俺に話してほしい」

すると、聖良は俯《うつむ》いてしまった。

そしてその華奢《きゃしゃ》な肩を、静かに震わせる。

「……私だって」

小さく声を出したかと思えば、

「私だって、嫌だよ。大和と離れたくない」

そこで聖良は顔を上げて、今にも泣き出してしまいそうな顔で弱々しく告げる。

「大和と一緒にいられる今の時間を、なくしたくなんかないよ」

「白瀬……」

その頬に触れようとしたところで、聖良は大和の手を拒んでみせる。

「でもしょうがないじゃん、今はまだ力がないんだもん。今の私じゃ、大和とヨウちゃんを守れない。だから嫌だけど、今は我慢するしかないって、そう思ったんじゃん！」

キッと睨《にら》みつけるその目には、迫力や威圧感のようなものはない。

ただ、とても悲しんでいるのは伝わってきて。その瞳を向けられるだけで、大和は胸を締め付けられる。

「それは、白瀬一人だけだったら、の話だろ」

「どういうこと?」

本当にわからないといった様子で困惑する聖良を見て、大和はむしゃくしゃする気持ちをぐっとこらえる。

「――俺を頼ってくれよ」

そしてそんな言葉を口にして、大和は力強く立ち上がる。

「頼りなく感じるかもしれないけど、俺だって当事者のつもりなんだ。母さんのこととか問題はあるけど、俺はもう臆さない。白瀬と一緒に悩んで、立ち向かいたいんだよ!」

「大和……」

驚いたように見上げる聖良を見つめながら、大和は優しく告げる。

「俺は意思表示をしたよ。だから教えてくれ、白瀬が今なにを望むのか」

すると、聖良は立ち上がって抱きついてくる。その勢いが強すぎて、ゴンドラが僅かに揺れた。

そして聖良は大和の胸に顔を埋《うず》めながら、ゆっくりと口を開く。

「――私は、全部やめちゃいたい。今すぐ仕事も、転校も、しがらみなんかも全て投げ出して、大和と普通の学校生活を過ごしたいよ。だから……」

そこで聖良は顔を上げて、懇願するように伝えてくる。

「なんとかしてよ、大和。私を助けて」

その華奢な身体《からだ》を小さく震わせながら、聖良は瞳を潤ませていた。

大和は大きく頷《うなず》いてみせてから、その身体を包み込むように抱きしめる。

「わかった、俺に任せてくれ。絶対になんとかする」

「うん、ありがと。……なんか、安心した」

ぎゅっ、と聖良がさらに強く抱きついてきて、大和はその感触に心地よさと高揚感を覚えていた。

聖良から求められれば、大和はなんだってできる気がした。

というよりも、なんだってやってみせるという気持ちになっていた。

具体的にどうするかはこれから考えるつもりだが、とにかくこれまでにないくらい張り切っているのは確かだった。

——ガチャン。

そこで、唐突に扉が開いた。

どうやらゴンドラが地上に着いたらしく、係員が気まずそうに到着を報《しら》せてくる。

ハッとした聖良は、困ったように大和を見つめてくる。

「もう着いちゃった」

「みたいだな、降りようか」

「でも、大和の話をまだ聞いてない、もう一周しよ」

駄々をこねるようにして残ろうとする聖良の手を引いて、大和はゴンドラを降りる。

そのまま雨の降る地上に降り立ってから、大和は微笑《ほほえ》んで言う。

「いいよ、俺の話はいろいろと済んでからで。そっちの方が、俺もちゃんと伝えられる気がするから」

これは本心からの言葉だ。大和の話——告白の件については、タイミングを逸したというのもあるが、新たに解決すべき『聖良の転校』という問題が発生した今は、それを為《な》す状況ではないように思えていた。

「そ、そうなんだ」

聖良は自らの髪をさらりと撫《な》でながら、視線を逸《そ》らしてしまう。

その様子は明らかに照れているようで、大和の方まで急に恥ずかしくなってきた。

ひとまず折りたたみ傘を取り出して開くと、聖良と自分が濡《ぬ》れないように身を寄せる。

「ま、まあ、そういうことだから……えっと、これからどうしようか」

「じゃあ……そうだ、メリーゴーランドに乗ろうよ。まだ一回も乗ってないし」

「そうだな、そうするか」

お互いにぎこちなくなっていることを自覚しながら、華やかにライトアップされているメリーゴーランド乗り場へと向かう。

未《いま》だに雨は降り続けていて、閉園時間も迫っているからか、待機列に他の客の姿はなく。

係員からカップル用に二人乗りできる馬もあることを伝えられて、大和は赤面しながらも、二人乗り用の白馬を指差す。

「白瀬、あれに乗ろう」

「うん、わかった」

そうして白馬に乗る際、大和は聖良の身体をひょいと持ち上げて、馬の後ろ側に乗せた。

「わっ、びっくりした。力持ちだね」

「いや、白瀬は軽いし余裕だって。それに今日の俺は、白馬の王子様だからな」

大和は自分で言っておいて照れながらも、笑顔で馬の前方に跨《また》がった。

すると、聖良が腰に手を回してくる。

「ふふ、前に言ったもんね、『次は俺が白馬の王子様だ！』って」

「ああ、だから有言実行だ。これで情けない自分ともおさらばができた気がするよ」

「大和は最初から、情けなくなんかないけどね」

そう言って、聖良が背に寄り添ってくる。

嬉《うれ》しい言葉をもらい、同時にドキッとしたところで、メリーゴーランドが動き出した。

キラキラと輝く夜景の中、二人は白馬に跨りながら風を切っていく。

大和は背に感じる温《ぬく》もりに鼓動を高鳴らせながら、ちらと後ろを見る。

「今回は、あんまりはしゃがないんだな」

「私も少しは大人になったのかも」

「はは、そうか。……けど、それはちょっと寂しい気もするな」

「じゃあ戻る。──わぁー、楽しいよーっ」

急に聖良がはしゃぐように大声を出して、身体をゆらゆらと揺らし始める。

その発想自体が子供っぽくて、大和は思わず笑ってしまう。

「王子様も楽しい？」

「ああ、楽しいよ。お姫様が楽しそうだからな」

「そ。ならよかった。──あ、ほら見て、着ぐるみがベンチでサボってるよ」

「それは見なかったことにしておきなさい」

きっとあの着ぐるみは一日中頑張っていたに違いない。そうでなくとも、こまめな休憩は大事である。

「ていうか、雨止《や》んでない？　みんな傘さしてないし」

「ほんとだな。割と短い雨でよかったよ」

「ね。寒さは相変わらずだけど」

正直に言えば、大和は帰りも相合傘をする気満々だったのだが、天気は空気を読まないらしい。

なおも聖良ははしゃぎながら、遠くを指差す。

「ねぇねぇ、ほら見てよ。あそこの親子、子供が寝ちゃってるよ」

「はしゃぎすぎて疲れちゃったんだろうな。白瀬は平気か？」

「そこまで子供扱いするなら、もう寝ちゃうから」

「いや、頼むからここでは寝ないでくれ」

そんな風にじゃれるような会話をしながら、大和はその親子をもう一度見てみる。

遠目にも子供は気持ち良さそうに寝ていて、抱っこしている父親がその頭を優しく撫でていた。

「なあ、白瀬。変なことを聞いてもいいか？」

「えっちなこと？」

「違うって！　……その、お父さんのこと、白瀬はどう思っているのか聞きたくてさ」

これは単純に興味があったのと、同時に何か問題解決の糸口になるのではという目算もあっての質問だった。

すると、聖良はうーんと少しばかり考え込んでから、

「前にも話した気がするけど、私と父はあんまり仲がよくないんだよね。でもまあ、私自身は好きでも嫌いでもないかな。──これで答えになってる？」

「ああ、ありがとう。話しづらいことだったよな、ごめん」

「ううん、問題解決の参考になるなら、なんでも聞いて」

なんでも、と言われるとかえって困ってしまうわけだが。

しかし、『好きでも嫌いでもない』というのは、聖良らしい答えだと思った。聖良が特定の誰かを嫌うことなど、あまり想像できないからだ。

ここで大和は、せっかくなんでも聞けるならと、聖良と父親の関係について掘り下げてみようかと思ったところで、ふと考えが変わる。

やはり、『こういうこと』は直接本人に聞いてみるべきだと。

そんな風に大和が考えを改めたところで、メリーゴーランドは徐々に動きを遅くして、やがて停止した。

先に馬から下りた大和が手を差し出すと、聖良はその手を取って言う。

「さすがは王子様」

「そっちは、お姫様っぽくないセリフだな」

下馬した聖良はスカートの裾をつまみ、

「感謝いたしますわ」

「…………」

いきなりしなを作って、しかもその仕草が様になっているのだから驚いた。とはいえ、おどけているのは確かだが。

「あれ？　お気に召さなかった？」

「……とりあえず、ふざけていることは伝わったよ」

「あはは、ごめんって」

そうしてメリーゴーランドを後にしたところで、先を歩く聖良が余韻に浸るように大きく伸びをした。

それからくるりと振り返って、

「そろそろ帰ろっか」

あっさりと、聖良は清々《すがすが》しいまでに未練のない表情で切り出した。

「もういいのか？　まだ閉園までは少しだけ時間があるけど」

「うん。最後はメリーゴーランドで終わっておきたいし」

「ならまあ、帰るとしますか」

「おー」

出口へと先に歩き出した聖良の背に向けて、大和は声をかける。

「あのさ、白瀬」

「んー？」

振り返りはせず、代わりに聖良は歩く速度を緩める。

その背に向けて、大和は意を決して言葉を続ける。

「俺さ、白瀬のお父さんと一度ちゃんと話してみたいんだ。この場合、直談判《じかだんぱん》って形になるんだろうけど、問題を解決するにはその方が手っ取り早い気もするしさ」

すると、数瞬の間を置いて、

「……大和がそうしたいなら、私はいいよ」

その声はどことなくか細くて、消え入りそうだった。

「不安か？　俺とお父さんが話すのは」

「ちょっとだけ。でも、アポが取れるよう話は通しておくね」

「助かる。なんか結局、白瀬の力を借りることになっちゃって悪いな」

「ううん、一緒に悩んで立ち向かうんでしょ。だったら、私もやれることはやるよ」

そう言って、ようやく振り返った聖良の顔は、やっぱり強張《こわば》っていて。

取り繕うように微笑んでいるが、その笑顔はいつもの聖良とは明らかに違っていた。

（俺が白瀬の笑顔を取り戻すんだ）

使命感にも似た想《おも》いを抱きながら、大和は自分を鼓舞してみせる。

迷いなど、どこにもなかった。


それから帰りの電車にて。

聖良は座席に座るなり、大和の肩に頭を預けて眠ってしまった。

大和は悶々《もんもん》とする気持ちを紛らわせようと、スマホを確認したところで、芽衣と瑛太からメッセが届いていることに気づいた。

内容はどちらも、告白の成否を気にしたもので。

ゆえに、ひとまず大和は二人に、『今回は見送ることにしたよ。次こそは頑張ります』とメッセを送っておいた。

このとき大和は気づいたことだが、椿や礼香《れいか》はすでに聖良が転校することを知っていたのだろう。

文化祭のときに礼香が匂わせてきた話は転校のことだろうし、椿は聖良が今日転校の話を大和に打ち明けることを、事前に聞かされていたと考えるのが妥当だ。そうであれば、今日の椿の態度や行動にも納得がいく。

ともかく、多方面に気を遣わせていたことだけは間違いない。その点は、反省しようと大和は思った。

電車が学校の最寄り駅に着いたところで、聖良とは別れることになった。

「今日はありがと。また学校でね」

「ああ、また学校で」

こんな風に、聖良と挨拶を交わす機会がこれ以上減るのは、大和としては耐えられなかった。

ゆえに去っていく電車を眺めながら、大和は改めて立ち向かう決意を固めるのだった。

六話　対面のとき

それから数日が経《た》ち。

十一月初旬の朝、聖良《せいら》から父親とのアポイントメントが取れたことを伝えられた。

元々、大和《やまと》の方はいつでも構わなかったので、さっそくその日の午後五時に白瀬《しらせ》グループ本社ビルの最上階社長室にて、面会の約束を取り付けたのだった。

当然、この日の授業には集中できず、昼休みになっても大和はそわそわしていて。

今回ばかりは聖良も同じようで、互いに昼食が喉を通らない状態になっていた。

そんな二人の様子を周囲は心配していたが、中途半端《ちゅうとはんぱ》に話して大ごとにするわけにもいかず、大和はなんとかごまかしてやり過ごすのだった。

そして、いよいよ放課後を迎える。

予定の時間には少し空きがあるものの、指定された白瀬グループ本社ビルの最寄り駅には電車で十五分ほどかかるので、早めに向かうことにした。

この面会にはあくまで大和が一人で臨むつもりだが、聖良も会社には着いてくるという。

そうして二人で電車に乗って、四時半には指定の白瀬グループ本社ビル前に到着した。

「こ、ここか……」

到着するなり、大和はひたすらに圧倒される。

その建造物は、とにかく高さがあった。聖良が以前まで暮らしていたタワーマンションよりもなお高く、見上げてもその全貌を拝めないほどだ。その上、真っ黒な壁面は凄《すさ》まじい重厚感があり、至るところに窓が付いている。

出入り口には警備員が立っていて、スーツ姿のビジネスマンらしき人々がひっきりなしに行き来しており、学生服の大和たちは明らかに場違いであった。

ごくり、と大和は生唾を飲む。そのオフィスビルを前にして、完全に気圧《けお》されていた。

しかし、聖良は違うようで、

「入るんでしょ？　行こ」

そう言って手を引いてきて、大和は連れられるようにして中へ入る。

「まだちょっと時間があるよな、どうする？」

「受付でゲストパスをもらってから、カフェスペースで時間を潰そうよ」

「お、おう」

（こんなところでも、白瀬は堂々としているんだな）

自分もビクビクしてばかりいられないと思い、大和は頰を叩《たた》いて気合いを入れる。

オフィスの受付には、名前を名乗っただけであっさりとゲストパスをもらえた。

カフェスペースは一階にあり、有名なチェーン店が経営しているようだ。大和と聖良はカウンターでホットのカフェオレを頼んで、奥にある二人席に座る。

学生服を着ているせいか、周囲からの視線を感じる。はっきり言って、居心地が悪い。

ひとまず、届いたカフェオレのコップに口を付けたところで、

「にがっ」

そう呟《つぶや》いたのは聖良だ。苦そうに顔を歪《ゆが》めて、カフェオレを恨めしげに見つめている。

そんな可愛《かわい》らしい姿を見たことで、大和は強張っていた表情が途端に和らいだ。

「ほら、白瀬は砂糖を入れないと。苦くて飲めないだろ？」

大和はそう言って、テーブル端に用意されたスティックシュガーを三本ほど手渡す。

すると、どうしてだかむすっとした聖良は、スティックシュガーを大和のカフェオレにも入れたではないか。

「あっ、ちょっ、なにすんだよ！」

「べつに。善意で入れてあげただけ」

「いやいや、入れたかったら自分で入れるって」

「そ。まあいいじゃん」

憂《う》さ晴らしのつもりだったのか、すでに上機嫌な聖良は再度カフェオレに口を付ける。

「うん、大人の味」

「いや、スティックシュガーを三本も入れたら甘口だろ」

「ふんっ、だ」

こういうことで子供扱いをされるのは納得がいかないらしく、聖良は拗《す》ねてしまった。

その仕草がやたらと可愛いものだから、大和は和んだ気分でカフェオレに口を付ける。

(甘っ……一本でこれか)

つまり、三本は完全に甘口。もう子供用と言ってもいいだろう。

だが、満足そうにカフェオレを飲む聖良を見ていたら、これ以上言及するのはやめておこうと思った。

そんなこんなで時間は過ぎて。午後五時、その十分前。

大和たちはエレベーターに乗り込み、屋上手前の最上階のボタンを大和が押す。

すると、聖良が屋上のボタンを押した。大和は一瞬、自分が押す場所を間違えたのかと思ったが、どうやらそうではないらしい。

「私、屋上で待ってるから。終わったら来て」

「そうか、わかった」

カフェスペースを一緒に離れたときから、彼女はどこで待つつもりなのか疑問だったが、どうやら屋上で時間を潰すつもりのようだ。

エレベーターには窓が付いていて、すごい速度で高層階へ上がっているのがわかる。

そのまま街一帯を見渡すことができる高さになったところで、最上階に到着した。

「行ってくる」

「うん、またあとで」

聖良から見送られる形でエレベーターを降りると、モダンな色調のホールに出た。

そこから真《ま》っ直《す》ぐに進んでいくと、秘書らしきスーツ姿の女性が扉の前で待っていた。

「倉木《くらき》大和様ですね」

「あ、はい」

「中で社長がお待ちですので、どうぞ」

そう言って、女性が扉を開ける。

言われた通りに中に入ると、広々とした室内の奥側には社長椅子らしき豪華な椅子があり、そこにはいつぞやに病院で顔を合わせた男性――聖良の父親の姿があった。

以前に顔を合わせたときと同様にスーツ姿で、厳格な表情でありながら、その風貌からはどこか色気すら漂わせている。

書類から目を上げ、その鋭い眼差《まなざ》しを向けられるだけで大和の身体《からだ》は強張る。

緊張で固まる大和に対し、聖良の父である男性は表情を変えずに口を開く。

「こんばんは。初めまして、ではないね。僕は白瀬伶次郎《れいじろう》、ここ白瀬グループ株式会社の代表取締役《とりしまりやく》社長であり、知っての通り白瀬聖良の父親だ。よろしく頼むよ」

その重低音な声色は、耳に心地いいようで、しかし余計に大和の身体を強張らせた。

「ど、どうも、倉木大和です。白瀬——聖良さんとはクラスメイトで、友人です。今日はお時間を取っていただいて、ありがとうございます」

なんとか大和が言葉を返すと、伶次郎は小さく息をついて言う。

「それで、用件は何かな。こちらもあまり時間がないのでね、できれば手短にお願いしたい」

望まれていない来客だということはわかっていたつもりだが、こうも露骨に拒絶の意思を見せられると、大和としても闘争心がかき立てられる。

「用というのはもちろん、聖良さんのことです。まず、彼女を転校させるつもりというのは本当ですか？」

「ああ、本当だ」

「どうしてですか。聖良さん本人はそんなことを望んでいないのに」

「世の中の大多数の子供が転校する理由は、おおよそ親の都合だと思うのだが？」

「一般的な、親の転勤についていくとかならまだしも、そういう理由じゃないですよね。本人の意思を無視して、俺や俺の母さんのことまで持ち出して、そうまでして聖良さんを転校させたい理由はなんですか。このままじゃ、俺たちは納得いきません！」

精一杯、訴えかけるように大和は言う。

すると、伶次郎は「ふむ」と相槌《あいづち》を打つようにしてから、ゆっくりと口を開く。

「まず、君や、君の親御さんについてのことであれば、それは誤解だ。その点は詫《わ》びさせてもらおう」

「え……？」

「そちらの家庭事情などを調べさせたのは事実だが、具体的にどういった影響が出るかまでは明言していないつもりだ。そこを娘が歪曲《わいきょく》させてそちらに伝えたのであれば、今ここで撤回させてもらう。すまなかったね」

「いや、そういうことじゃ……」

「では、どういうことかな。あくまで娘の聖良が語った内容通り、君の母親の現職を即刻クビにするとでも？」

「……違うんですか」

「違う、そういった意図はない。ただ単に、相手はそういった一般家庭であることを伝えた上で、あちらも身分違いに苦しむことになると——そういう意図で伝えたまでだ」

ここでこれ以上、大和が訴えても無駄だろう。仮に本当は違ったとしても、こうして白を切られれば、こちらとしては為《な》す術《すべ》がないのだから。

ゆえに、大和はこう答えるしかない。

「わかりました。では今、そちらの心配が余計なお世話であるとお伝えしておきます」

「了解した。——これにて、娘の転校については完全にこちらの家庭の事情となるわけだが、この上でも君は首を突っ込むつもりかな。あかの他人の家庭事情に対して」

その言葉を受けて、大和は我慢ならずに踏み出して言う。

「白瀬はっ——聖良さんは、俺にとってあかの他人なんかじゃありません！　俺の大事な、友達ですから！」

「いち友人の家庭の事情に口を出す——君にとっては、それが常識ということかな」

「それは……」

ふう、とあからさまに伶次郎はため息をつく。

「もう少し、面白い話が聞けるかと思ったのだけどね。この期に及んで、未《いま》だに関係性を取り繕ったままとは。正直、君にはがっかりだよ」

ほぼ初対面であるはずの相手に、全てを見透かされたようにあしらわれる。そのことは大和にとって屈辱以外の何物でもなく、しかし言い返す言葉がなかなか出てこなかった。

すると、そんな大和を見かねてか、伶次郎はため息交じりに席を立つと、後方の大窓を見つめながら口を開く。

「では、聞き方を変えよう。君は、娘のことを大切に思っているんだね？」

「――ッ！　はい、とても大切に思ってます！」

「だが、それは恋愛関係としてどうか、については答えたくないのだろう？　であれば、あえてこちらが君の意思を汲《く》むとして、僕たちが娘を――聖良を大切に思う者同士としての話を進めようか」

その物腰は柔らかに、どことなく優しい口調になっていた。

意図は摑《つか》めないが、そう言われては大和も応じるほかないので頷《うなず》いてみせる。

「ではまず、聖良の将来について話し合う必要があるね。本人がいない場所ではあるが、彼女のいわば『幸せ』についての話だ」

「は、はい……？」

抽象的な表現に戸惑う大和をよそに、伶次郎は話を続ける。

「僕はね、人が幸せになるためにはまず、選択肢を増やす必要があると考えている。それはつまり、『力』をつけるということとも同義だ」

「選択肢、それに『力』ですか」

ここ最近、聖良も『力』という単語を何度か口にしていたことを思い出す。

それは単純な筋力などとは違うものだということは、さすがに大和もわかっていた。

「ゆえに僕は、娘の将来において、様々な選択肢を用意するために力をつけさせてきた。技能、実績、人脈等——もちろん、彼女の適性や能力を鑑《かんが》みた上で、だ」

「それが前に習い事をやらせていた理由ですか」

「ああ、その通りだよ。いわば、将来への投資だ。そこには甘えや情を基本的に含まず、親子であろうと、その距離を一定に保つことを心がける。集中させるためにね。——これが僕の考える、娘が幸せになるための大まかなプランだよ。では、君の考えを聞こうか」

ここまではあくまであちらのターン。

そしてこれからは大和の番であり、胸のうちに燻《くゆ》らせた思いを口にする。

「俺はまず言っておきますが、あなたの考えとは真っ向から反します。というのも、あなたはこれまでの聖良さんを——白瀬の『今』の幸せを、完全に無視しているからです」

「なるほど。僕の意見は過程の彼女を蔑《ないがし》ろに、いわば犠牲にしていると言いたいんだね」

「言い方は悪いですが、そんな感じです」

「ふむ。それで？」

　未だに相手が余裕たっぷりの物腰であることに不快感を覚えつつ、大和は言葉を続ける。

「俺はもっと、今を過ごす白瀬の感情を大切にしたいし、してほしい。子供のときも、中学生になったときも、きっと白瀬には白瀬なりのやりたいことがあったはずだ。それを我慢して頑張っていたんですよ、彼女は。昔の話をするときはいつも辛《つら》そうで、そして今だって、白瀬は泣きそうな顔をしているんです。俺はそんな白瀬を無視することなんてできない！　なにより俺が嫌なんだ！」

　自然と大声になって語る大和。ひと通り聞き終えた伶次郎は、ふっと鼻で笑う。

「なにがおかしいんですか」

「いや、あまりにも短絡的かつ愚かしい考えだと思ってね。ああ、もう少し今風に言い方を変えるなら、『青い』とでも表現すべきか」

「それ、べつに今風じゃないと思いますけど」

　売り言葉に買い言葉を大和はぶつけるものの、伶次郎は淡々と言葉を返してくる。

「君は先ほど、僕が一方的に娘の幸せを蔑ろにしているという風な言い方をしていたが、それでは君の方はどうかな」

「どういうことですか」

「君は、娘の――聖良の『未来』を蔑ろにしているんじゃないのかい？　ということだ」

「それは……」

一瞬だけ言葉に詰まったものの、大和はすぐに表情を引き締める。

「未来は、確定できるものじゃないはずです。それに白瀬が自分で考えて、悩んで決めた結果が、悪いものになるとは俺には思えません。少なくとも、自分で選んだ結果なら納得ができるはずだ」

「他人事《ひとごと》に言ってくれるね。綺麗事《きれいごと》だけそれらしく並べて、とても無責任な意見だ」

初めて、伶次郎の語気に苛立《いらだ》ちの感情が混ざった気がした。

それが大和の気持ちを萎縮させるが、なんとか気持ちを奮い立たせて言葉を返す。

「他人事でも、無責任でもないです。俺だって、白瀬と一緒に考えていくつもりですし」

そこで伶次郎は振り返り、その目を鋭く細めて向けてくる。

「君ごときの力が、彼女の足しになるとでも思っているのかい？」

「えっ、それは……」

「君に何ができる？　何が用意してやれる？　彼女が何かをやりたいと思ったそのときに、

能力を十分に発揮できる最善の環境を、もしくはそのために必要な資金を提供することができるとでも？」

「…………」

何も言い返せない大和に対し、伶次郎はなおも続ける。

「勘違いをしないでもらいたいがね、今の君は僕にとって有害な存在でしかないんだ。娘をたぶらかす、ただの邪魔者だよ。本当は即刻排除するに越したことはない」

そこまで言われて、大和は怒るのではなく冷静になっていた。何せ、伶次郎が口にしていることは事実だと思ったからだ。

今の大和は、自分に何も力がないということを理解していた。

その上で、精一杯に言葉を返す。

「でも、白瀬はそんな俺と一緒にいたいと言ってくれました。確かに俺は今、彼女のために何かをできる力はないですけど、それでも彼女の隣に立ち続けるためなら俺は、なんだってやる覚悟ができています」

「そのために成長する意思はある、と？」

「はい！」

強く言い切った大和を前にして、伶次郎は「ふむ」と相槌を打って社長椅子に座り直す

——かと思いきや、室内の右側に用意された会議用スペースと思《おぼ》しきソファに腰掛けた。

「ようやく本題に入ることができそうだ。君も向かいに座りなさい。まあ、希望するなら立ったままでも構わないがね」

「いえ、では座らせてもらいます」

どういう意図があるのか、伶次郎の纏《まと》う雰囲気がさらに変わった。

浮世離れしたような掴みどころのないものから、急に親近感のあるものに変わったような……とにかく、大和はその変化に困惑していた。

大人しく向かいに座ると、信じられないことに、伶次郎は笑みを浮かべたではないか。

そして言うのだ。

「——それでは、ビジネスの話をしようか」

「えっ？　ビジネス、ですか？」

引き続き困惑したままの大和の目の前に、タブレット端末が差し出される。

そこには以前に聖良から見せてもらった資料の他、様々な企画案が並べられていた。

「これって、白瀬を芸能界入りさせる話の企画資料ですよね。どうしてこれを今俺に？」

「その反応、すでに目にはしていたようだね。これらの資料は、関係者以外には共有禁止のはずなんだが」

「えっと……すみません」

「まあ、それはいいとして。早い話がそういうことだ。君は聖良がこれらの案件をこなした場合、上出来の結果を残せると思うかな？」

「はい、可能だと思います」

「その根拠は？」

「白瀬は、その、なんというか……すごく器用というか、なにをやってもすぐに上手《うま》くこなしますし、白瀬のお姉さんも言っていた通り、いわゆる『天才』だと思うんです」

「ほう、そういえば君は礼香《れいか》とも面識があったね」

「はい。それと、なにより——」

大和は照れくさくなりながら、視線を逸《そ》らして言う。

「白瀬はめちゃくちゃ、可愛《かわい》いので……」

その父親を前にして言うのは大変恥ずかしかったが、それでも大和にとっての根拠として一番強いポイントはそこだったので、ここは言わざるを得なかった。

すると、伶次郎は自らの顎先に触れながら言う。

「確かに、あの子の可愛さはめちゃくちゃだ。おそらく、並び立つ者はこの世界広しといえど、現存していないと断言できるほどのレベルだろう。まさしく美少女といえる」

「えっと……はい、その通りだと思います」

さすがに予想外の答えが返ってきたが、大和に異論はないので同調しておいた。

伶次郎はうんうんと頷きながら、続いて多くの企業名が連なった画面を見せてきた。

「これは？」

「これはわかりやすく言うと、聖良の企画に参加してもらう予定の企業一覧だ。――そして君さえよければ、この中の好きな場所で働いてもらいたいと思っている」

「はあ……？　――って、え⁉」

唐突にとんでもない話が飛び出してきて、大和の思考はフリーズしてしまう。

しかし、伶次郎は構わずに話を続ける。

「そんなに驚くことかな。どこへ入るにせよ、君にも益のある話だと思う」

「話が見えないんですけど……つまり俺に、白瀬のバックアップをしろと？」

「いいや、その形を強制するつもりはない。ただ、君と聖良が互いに協力するつもりだというのなら、そういう形を取るのもアリだとは思うがね」

「……どうして、急にこんなことを？　俺みたいになにもない奴《やつ》が白瀬と関わるのは、そちらとしては嫌だって話だったと思うんですけど」

あくまで警戒しながら大和が尋ねると、伶次郎はおどけるように両手を広げてみせた。

「僕は無駄なことが嫌いだが、意味のあるものは利用するし、投資だってする。なにも不思議なことではないだろう？　つまりこれは、トータルバランスで見た結果の行動というわけだ」

「俺が白瀬と関わり続けることが、そちらにもメリットになると考えてくださっているということですか？」

「正しく言えば、そうではない。これからメリットになるだろうという将来的展望、いわば算段を立てたといったところかな」

「そ、そうですか」

　これまでの会話で、大和は何か自分の存在価値を示せたのかと思い、漠然とだが手応えを覚える。

　しかし、そんな大和の心情を察したかのように、伶次郎は人差し指を立てて言う。

「浮かれているところをすまないが、はっきり言って、今も君自体にはなんの見どころも見出《みいだ》せていないのが現状だ。正直、期待できる要素もないけれど、君の成長する意思表示だけは受け取らせてもらったからね。その対価を与えたまでだよ」

　語り口は穏やかだが、言っていることはボロクソな内容だったので、大和は不快感を露《あら》わにして見つめる。

「そんなデクの坊を相手に、大きな賭けをするのは意外ですね」

「デクの坊とは、また的確だね。ただまあ、こちらが賭けているのは君であって君じゃない。正しくは、娘の――聖良の『慧眼《けいがん》』に賭けているのだよ」

「白瀬の慧眼……見る目、ってことですか」

「ああ、そうだ。あの子はその点においても天才でね。むしろ、その点がもっとも恐ろしいといえる」

そう語る伶次郎は、どこか遠くを見ているようだった。

それから大和の方へと視線を戻して、伶次郎は再び微笑《ほほえ》んでみせる。

「ちなみに、君がこれらの場所で働くのは高卒であろうと、大学を出てからであろうと、こちらは一向に構わない。自由にしてくれたまえ。おすすめするのは、せめて一般的な大学を出ることだがね」

それだけ語った伶次郎は立ち上がり、再び社長椅子に腰掛ける。

「さて、ビジネスの話はこれにて終了。時間はあげるから、ゆっくりと考えてみてくれ」

「いえ、それはわかりましたけど、なら白瀬の転校は――」

「――聖良は転校させる。これは、決定事項だよ」

有無を言わさぬ声音で、伶次郎は言い切った。

それからさらに言葉を続ける。

「元々、今の高校にいるのはあの子のわがままを聞いていただけに過ぎないからね。本格的に芸能活動を始める準備が整ったとなれば、話は別だよ」

まさに取り付く島もないとはこのことだ。

ならば、これまでの会話はなんだったのかと、大和は怒りにも似た感情を抱いていた。

「先ほどまでの話を聞く限り、あなたは娘を――白瀬を、大事にしているように思えました。だけど、今はまた彼女が悲しむようなことを平気で口にしている。俺にはそれが理解できません」

「僕と君は、元々相容《あいい》れないものだよ。なぜなら僕と君が聖良に向ける愛情は、全く別のものだからね」

「そりゃあ、あなたは親だし――」

「いいや、そういうことじゃない。君が愛に対価を求めているのに対して、僕は限りなく無償の愛に近い感情を抱いているからね。純粋さがまるで違う」

「俺が、白瀬に対価を求めていると？　不純だって、言いたいんですか」

「ああ、そうだ。君が娘に向ける感情は――愛情は、僕からすれば不純極まりない。なぜなら、君は自分が大切にする気持ちと同様に、相手からも大切にされたいと願っているだろう？　それが不純と言わず、なんと言うのかな」

「そ、それは……」

「もっとも、君はそれ以前か。自分の気持ちに答えも出していないのだから、そういう話もお門違いだったのかもしれないね。つまり、比べる土俵にすら上がっていなかったというわけだ」

一方的に突き放すように言われて、大和は心の中で何かがぷつんと切れた気がした。

「……そんなの、もう答えは出てる」

「ほう？」

「ただ、まだ伝えていないだけだ。あなたが白瀬を困らせていなければ、あの日にちゃんと伝えられていたはずだったんだ！」

「ふっ、そんなことも他者に影響されるのか。弱者は苦労するものだね」

安い挑発にも、今の大和の心はざわついてしまう。

「うるさい。……不純で何が悪い。俺が白瀬に釣り合わない相手だなんて、俺自身が一番よくわかってるんだ。だけど、白瀬はそんな俺と一緒にいたいって言ってくれたから。だから俺は、そんな白瀬の願いを叶《かな》えてやりたくて……」

「……しっかりと聞いたことはなかったから、この際に聞かせてくれないかな。娘は君に、なにを頼んだんだい？」

一瞬だけ言うか大和は躊躇《ためら》ってから、静かに口にする。

「全部やめて、投げ出して、俺と一緒に、普通の学校生活を送りたいって……ただ、それだけのことです」

その言葉を聞いて、伶次郎は落胆するようにため息をつく。

「夢物語だね。あの子はどうあったって、普通にはなれないというのに」

「そんなこと――」

「あるだろう？　あの子は天才だ。何かをやれば注目を集めるし、何もしなくても注目される。ゆえに本人は周りを遠ざけてみたものの、あの子が孤立していれば、それはもう特別だ」

「………」

「聞いたよ、あの子の高校でのあだ名を。――『聖女』、だったか。大層な呼び名だ。普通の女子高生には到底似つかわしくない名だな」

返す言葉が見当たらない。

思えば、白瀬聖良は徹頭徹尾、普通じゃなかった。

特別だった。

それは大和にとって——だけであると思いたかったが、彼女はどこにいてもどうあっても、誰の目から見ても普通じゃなかった。それはつまり、特別だったということだ。

だからやはり、大和には返す言葉が見つからなかった。

「ふむ。僕も少し、意地悪が過ぎたようだ。その点について補足をするならば、正しくは『普通なんてものは存在しない』というのが、僕の意見だよ」

「普通が、存在しない……？」

「そう。誰もが誰かにとって特別。それは能力の有る無しにかかわらず、だ」

「そんなの、詭弁《きべん》じゃないですか」

「だから言っただろう、普通を求めるのは夢物語であると。だいたい、高校生の男女が深夜の街を徘徊《はいかい》することが、普通の高校生活なはずがないだろう？」

「……知っていたんですね、夜のこと」

「当然だ。愛《いと》しい娘のことだからね」

余裕のある笑みを浮かべて、伶次郎は穏やかに言う。

対する大和はすでに転校の撤回は望めないことを悟ったのもあり、すっかり意気消沈していた。

そんな大和に対し、伶次郎は諭すように告げる。

「けれど、聖良が他よりも特別だという点については強く推したいね。これは親の贔屓目《ひいきめ》もあるかもしれないが、あの子は本物だ。本物の天才だよ。何よりも、見る目がある」

「…………」

今の大和にとって、伶次郎との会話はすでに無意味なものに思えた。だから返す言葉も見当たらないし、今は全てを諦めてこの部屋を出ていかないようにするので精一杯だった。

それを察してなのか、伶次郎はなおも話を続ける。

「先ほど、娘の『慧眼』の話はしただろう？　実は昔から、何度も取引先の重鎮が集まるパーティーに同席させていてね」

「はあ……？」

「あの子はそこで言うんだよ、『興味ない』だとか、『意味はある』だとかね。それで実際にあの子が少しでも興味を持った案件――相手と取引をしてみれば、企画は瞬《またた》く間に大成功。反対に、あの子が興味を微塵《みじん》も持たなかった相手の企画は、毒にも薬にもならない結果に終わったのさ。すごいことだと思わないかい？」

「つまり、超能力があるとかそういった話ですか？」

呆《あき》れながらも大和が尋ねると、伶次郎は興奮ぎみに首を左右に振る。

「そうじゃない。ただ単に、あの子はそういったことに関して見る目が、もしくは嗅覚が備わっているという話さ。多分、相手の言葉の端々や、内容の整合性から人格も含めて判断しているのではないかと思うけどね。もちろん、昔から世情やトレンドには触れさせているから、そういった要素とも合算して考えているのかもしれないが」

「確かに白瀬はすごいけど、べつに完璧ではないですよ。……方向音痴だったりするし」

会話を続けたくはないが、聖良の話ともなれば口出しをしたくなるのが大和である。

そんな大和を見て、伶次郎は愉快そうに言う。

「ただ、人や物事を見る目はある。それは間違いない。だからこそ、有象無象には興味を持てないのだろう。実際に、僕も好かれてはいないしね。所詮、凡人の器というわけだ」

「……確かに伶次郎さんのことは好いていないみたいですけど、嫌いでもないって言っていましたよ」

フォローするつもりで大和が伝えると、意外にも伶次郎はショックを受けた様子で頭を抱える。

「あの子がそう言っていたなら、非常に残念だ。やはり、僕もその程度というわけだな」

「嫌われていないのが不満なんですか？」

「いやまあ、好きでも嫌いでもないということは、つまり無関心ということだからね。彼女は僕に、微塵も興味がないということになる」

「そういう話でもない気がしますけど」

まあ、どうでもいいかと投げやりな気分になる。

けれど、それほどまでに聖良に人を見る目があるとすれば、一つ疑問が残る。

（どうして、白瀬は俺なんかと一緒にいるんだろう……？）

しかも、大和に対して接するときは、明らかに好意的に思える。現に聖良は、一緒にいたいとまで言ってくれた。ゆえに、大和は伶次郎の言っていることが眉唾物のように思えて、なんの気なしに口を開く。

「まあ、そんなに落ち込む必要はないんじゃないですか。白瀬は俺みたいな奴と一緒にいてくれるわけだし、実はそこまで深くは考えていないのかもしれませんよ」

「そこが僕も腑《ふ》に落ちないところでね。あの子が見初めるほどのものが君にあるとは、どうしても思えない。だが、その可能性に賭けてみようと思ったからこそ、僕は君にビジネスの話を持ちかけたわけだが」

「いや、そもそも見初めるとか、そういうのじゃないですって……」

照れる大和を見て、伶次郎は不愉快そうに眉をひそめる。

「君の青々しさを見ていると、これは同族嫌悪《どうぞくけんお》というのかな、とにかく痛々しい気持ちになるね」

「俺と伶次郎さんは同族に当てはまらないと思いますが」

「凡人という意味では同じだよ。どちらも娘のような――聖良のような存在とは大きく異なる。それもまあ、僕の目から見ればの話だが」

「そういうものですか」

納得はいかないが、反論するだけ無駄のように思えて、大和は大人しく相槌《あいづち》を打った。

「さて、話は終わりだ。とにかく、聖良の転校は決定事項。ビジネスの件はじっくりと考えてみてくれたまえ」

「……わかりました。それでは、失礼します」

最後は一方的に言われて、大和は肩を落としながら社長室を後にした。

エレベーターを待っている間、大和は自分が不甲斐《ふがい》なく思えて、自然とため息をつく。

「はぁ……白瀬に、なんて言えばいいんだ」

正直、聖良に合わせる顔がない。

とはいえ、いつまでも待たせたままにはしておけない。

ひとまず表情を引き締めて、大和はエレベーターに乗り込んだ。

七話　ノベンバー／ノースノウ・ホワイトリリィ

屋上に着くと、そこは展望デッキになっていた。

暖色の明かりが足元を照らし、周囲には夜の街並みが広がっている。

そんな中で一人、聖良《せいら》は佇《たたず》んでいた。

その背中は寂しそうに見えて、思わず大和《やまと》は駆け寄った。

「白瀬《しらせ》」

声をかけると、聖良はすぐさま振り返る。

「あ、大和。おかえり、どうだった？」

いつものように聖良は淡々と尋ねてきて、だからか大和もすんなりと答えられる。

「ごめん、上手《うま》くいかなかった」

「そっか、ありがとね」

「どうして、お礼なんか……」

こうもあっさりと受け入れられると、まるで聖良には上手くいかないことがわかっていたかのように感じられて、大和はつい言葉に棘《とげ》を持たせてしまう。

だが、聖良は気にする素振りも見せずに言う。

「だって、大和は頑張ってくれたから。それが私は嬉《うれ》しいんだ」

「そうか、ごめん」

「なんで謝るの？　私は感謝してるのに」

「だな、もう謝らないよ」

大和が笑顔を作って言うと、聖良はこくりと頷《うなず》いてみせる。

それから聖良は夜空を見上げて、ほぉ〜っと息を吐く。

その息は白い靄《もや》となり、ひと足早く冬の訪れを報《しら》せているようだった。

「息、白いや。もう冬だねー」

「まだ十一月だけどな」

「今年は雪、降るかな」

「去年は降ったよな。そこそこ積もった気がする」

「私、冬生まれだから、この時期になるとワクワクするんだよね」

「夜も長くなるしな。というか、白瀬の誕生日っていつなんだ？」

「十二月の二十四日」

「えっ、クリスマスイブか!?」

「そーそー。だから子供のときは、二日連続でサンタに祝われたよ」

「その言い方はどうなんだ……？」

「私の『聖良』って名前も、聖なる夜に生まれたから付けたみたいだし、いろいろと縁があるんだよねー」

「俺も、今年はお祝いしたい」

「うん、してほしい。してほしいなぁ……」

聖良は消え入るように言葉をこぼし、顔を歪《ゆが》めて――

「――くしゅんっ」

小さく、くしゃみをした。

一瞬、泣き出すかのように見えたが、違ったらしい。

けれど、そう見えてしまったことで、大和は思わずその手を握っていた。

驚いた聖良と目が合って、どう話すべきかと戸惑ってしまう。

だが、大和はすぐに意を決して告げる。

「……白瀬、俺と一緒に逃げよう」

「あっ、うん、わかった」

「いいのか？」

「いいよ、大和と一緒なら」

「ありがとう」

勢いで口にしたことだが、聖良は何も聞かずに承諾してくれた。

そのことが嬉しくて、大和は聖良の手を引いて走り出す。

逃げるというのは文字通り、親の手が及ばないほどに遠くへ逃げようという意味だ。

つまりは、

「こういうのって、駆け落ちって言うのかな？　それとも夜逃げ？」

エレベーターに乗ったところで、聖良が呑気《のんき》に言う。

どうやら聖良はきちんとその意味を理解した上で、ついてきているようだ。それが大和は嬉しくて、胸が高鳴るのを感じた。

「さ、さあな。……というか俺が言うのもなんだけど、白瀬はやけに落ち着いているよな。結構びっくりされると思ったんだけど」

「確かにびっくりはしたけど、それよりもドキドキしてるから。それに大和と一緒にいる時間が減るのは私も嫌だったし」

「そ、そうか」

照れながらも、大和はその手をさらにぎゅっと握る。

エレベーターがエントランスに到着すると、受付にゲストパスを返してビルを出る。

ひとまず最寄り駅に着いたところで、聖良が口を開いた。

「ねぇ、一回荷物を取りにホテルへ寄っていい？」

「ああ、そうだな。俺も家に寄らないと。着替えとかいろいろ準備しないといけないし」

「じゃあ、一時間後に駅にしよっか」

「そうしよう。家を出たらまた連絡する」

「はーい」

まるで旅行の打ち合わせでもするかのように、大和と聖良は予定を話し合って別れた。

家に着いてからは、通帳等《など》の必要なものを登山用の大きめな鞄《かばん》に入れて、動きやすい無地のトレーナーとデニムパンツに着替えてから、上にジャケットを羽織った。

それから母親宛てに、『ごめん、白瀬と遠くへ出かけることにした。時々連絡はします』と書き置きを残す。書いている最中は手が震えた。

「母さん、本当にごめんな」

そんな風に独り言を呟《つぶや》いて、大和は家を出た。

午後七時。

最寄り駅に到着した大和は、そわそわとした気持ちで聖良の姿を探していた。

「おーい」

呑気な声が聞こえて振り返ると、そこにはキャリーケースを引きずる聖良の姿があって。

白いニットの上にベージュのポンチョを羽織り、デニム生地のロングスカートとムートンブーツを合わせたそのコーデは、妙に男心をくすぐる可愛《かわい》らしさがあった。

だが、それよりもまず、

「ど、どうしたんだよ、そのほっぺ⁉」

聖良の左頬には平手打ちを受けたような跡があり、赤く腫れていた。

「姉さんにビンタされた。ホテルを出たとこで鉢合わせちゃって」

「駆け落ちするのがバレたってことか⁉」

「わかんない。行き先を聞かれたときには、『姉さんには関係ない』としか言ってないけど、あっちはすごく怒ってたから、多分察してはいると思う」

「そ、そうか……痛むか？」

「痛いよ～。慰めてほしいかも」

「よしよし、可愛い顔が腫れちゃって」

ほっぺを撫《な》でてやると、聖良は気持ち良さそうに目を瞑《つぶ》る。

「このまま寝れるかも」

「よし、そこの売店でアイスを買おう。冷やす用に」

「えー、食べる用がいい」

「じゃあ、食べる用も買うか」

「やったー」

そうして売店でアイスを買ってから、二人で電車に乗る。

座席に座れたので、大和はスマホを取り出していろいろと調べ始める。

ちなみに集合時間までの間に、大和はすでに行き先に目処《めど》を立てていた。

ひとまずの目的地は、大和が昔に家族でキャンプをした場所である。本当はどこかホテルに泊まるというのが無難だが、初日がそれでは味気ないと思ったのだ。

目的地までの所要時間は、電車と新幹線を乗り継いで二時間ほど。

駅からも少し時間はかかるが、キャンプ場にはすでに連絡を入れておいた。

その概要を聖良に話したら、少し困った様子で言う。

「急いでたから、お風呂《ふろ》に入ってないんだよね。キャンプ場にシャワーとかあるかな？」

「いや、キャンプ場にはないけど、割と近くに温泉があったと思う。寄っていくか？」

「えっ、温泉あるの？　やったー、行く行く」

嬉しそうにはしゃぐ聖良を見ていると、大和の気持ちは楽になる。

今日は平日で、明日も本当なら学校があるのだが、こんな時間に聖良と二人で遠出をしている状況は、紛れもなくイレギュラーだ。

しかも、帰ってくる予定はない。

正直、不安な気持ちの方が大きい。聖良の姉・礼香《れいか》にはすでに二人で駆け落ちするのがバレたも同然だし、たとえば警察に捜索願を出されたりしたら終わりだろう。それに、高校生二人で新居の契約ができるのかもわからない。

夏休み中に聖良と会えない時間を使ってバイトをしまくったおかげで貯金はあるが、それだって底を突くのは時間の問題だ。働き口だって見つけなければならない。

その他、問題は山積みだ。我ながら、計画性も何もあったものじゃない無茶な旅立ちだと思うが、どうしてだか大和の気持ちは落ち着いていた。

ひとまずは目の前の問題に取り組もうと、大和は無理やりに頭を切り替えることにした。

そうして、二時間ほど移動を続けて。

窓から見える景色がすっかり山ばかりになったところで、目的の駅に到着した。

電車を降りると、辺境地のような風景が広がっていて、心細さを覚える。

夏休みに海へ向かったときとは、気分からして大きく違う。あのときはなんだかんだで気楽に旅ができていたのだと、このとき大和は思い知った。

「うわー、暗いね。それに、東京よりも全然寒いや」

「キャリーケース、俺が引くよ。……それと、手を繋《つな》ぐか。寒いし」

「ありがと。私も手、繋ぎたい」

心細さを埋めるように、お互いの熱を確かめながら手を繋ぎ、ホームを降りる。

辺り一帯に建物と呼べるものはほとんどなく、鬱蒼《うっそう》と生い茂る木々と、遠くに見える山ばかりが視界に映る。都会ではあり得ない光景だ。駅から温泉やキャンプ場に向かうバスはあったが、時刻表を見たら一時間待ちだったので、仕方なく歩くことにする。

電車に乗っている最中もそうだったが、歩く道中で聖良は父親・伶次郎《れいじろう》との会話の内容を一切聞いてこなかった。

きっと聖良なりに気を遣ってくれているのだなと、大和は漠然と考えていた。

それから二十分ほど山道を歩いて、ようやく温泉を経営する施設に到着した。

「やっと着いたね。なんか汗かいちゃったし、これなら温泉に気持ちよく入れそう」

「ハァ、ハァ……そうだな」

慣れない山道を歩いたせいで息切れ状態の大和とは違って、聖良はあまり疲れていないように見える。改めて、スタミナの差を思い知らされた気がした。

入浴の最終受付時間にはギリギリ間に合ったようで、ロッカーに荷物を置いてから、脱衣所の前で別れることに。

「ここって混浴じゃないんだ」

「当たり前だろ⁉」

「露天風呂《ろてんぶろ》とかあったら声かけるから、反応してね」

「小学生かよ……他にも人がいるかもしれないから、あんまり大声は出すなよ」

「はーい」

そうして男女別の暖簾《のれん》をくぐり、大和は脱衣所でタオル一枚となって、いざ温泉へ。

どうやら室内風呂はないらしく、シャワーなども全て屋外に設置されていた。

時間が遅いこともあり、湯舟には数人のお年寄りが浸《つ》かっているだけだ。とはいえ、声を出しては迷惑になることに変わりはないわけだが。

ひとまず髪と身体《からだ》を洗ってから、大和も湯舟に浸かる。

「くはぁ～っ」

ほどよい湯加減が疲れた身体に沁《し》み渡り、くつろぎの時間が訪れた。

近くを流れる川や山々を一望できる景色も素晴らしい。今日一日のいろいろあったことを、今だけは頭の隅に追いやれる気がした。

頭上には満月が輝き、まさに至福のひとときを味わ――

「大和ー、聞こえるー？」

そのとき、壁を挟んだ向こう側から声が聞こえてきた。

これは聖良の声で間違いない。大和の名前を呼んでいることだし。

今向こうには一糸まとわぬ姿の聖良がいると思うと、大和は煽情《せんじょう》的な気持ちに――

「大和ー？　いないのー？」

妄想タイムをぶち壊すように呑気な声が聞こえ続けてきて、大和は恥ずかしさに頭を抱えながら、仕方なく返答する。

「聞こえてるー。他にも人がいるから、もう声は出すなよー」

「わかったー」

湯舟に浸かるお年寄りたちは微笑《ほほえ》ましい表情だったり、迷惑そうな表情を向けてくる。

反応はそれぞれといったところだ。

「ねぇ大和ー、月が綺麗《きれい》だよー」

（全然わかってないじゃないか……）

「こっちからも見えてるぞー、確かに綺麗だなー。けど、もう黙るからなー」

そう言うと、返事はこなかった。

それが妙に気になって、ゆっくりとお湯に浸かる気にもならず。

そろそろ熱く感じてきたので、大和は早めに上がることにした。

脱衣所で着替えてからドライヤーで髪を乾かし、暖簾をくぐってロビーに出る。

まだ聖良は上がっていないようなので、お先にフルーツ牛乳を買って飲んでみた。

「ん〜、美味《うま》い。風呂《ふろ》上がりの一杯は格別だな」

それから椅子に座って待つこと十分ほど。

そろそろ閉館時間も迫っているというところで、聖良が脱衣所から出てきた。

湯気を立たせて、髪を微《かす》かに濡《ぬ》らす湯上がりの聖良は妙に色っぽくて。

はっきり言って、見ているだけで興奮してしまった。

「おまたせ。——って大和、鼻血出てる。のぼせちゃった？」

「えっ、やべ！　ティッシュかハンカチを出さないと！」

慌てながらもティッシュを鼻に詰めて、長椅子の上で仰向けになる。

情けないやら恥ずかしいやらで大和が黙っていると、聖良がうちわを片手に隣に座る。

「平気？　熱くない？」

ひらひらと扇ぎながら、聖良が心配そうに尋ねてくる。

　その姿はやはり色っぽくて、とてもじゃないが目を合わせられない。浴衣《ゆかた》じゃないことだけが救いといえる。

「湯上がり姿は、さすがに刺激が強かったかな？」

　唐突にからかうようなトーンで聖良が言うものだから、大和は腕で両目を覆い隠す。

「あ、ああ……平気だ」

「あ、フルーツ牛乳だ。一口もらおっと」

「えっ、ちょっ――」

　起き上がったときには、すでに聖良が口をつけていて。

　大和は再び顔が熱くなるのを感じながら、長椅子に倒れ込んだ。

「いいじゃん、べつに。今さら気にしないでよ」

「いや、気にするだろ……」

「まあいいけど。ていうか、温泉入ったらほっぺの腫れ引いた～。もうわかんないよね」

「そこまでひどい腫れじゃなかったしな。ま、すぐに冷やしたおかげかもしれないけど」

「えー、ぜったい温泉の効能だってば～」

「はいはい」

　そうしてしばらく休憩してから、二人は温泉を後にする。

そこから徒歩で十分ほど。

目的のキャンプ場に到着してから、二人は受付を済ませることに。

事前に予約をしていたのと、代表者の大和が親の同意書を用意していたこともあって、なんとか手続きを済ませることができた。

ついでに薪を買ってから受付カウンターを出たところで、聖良が不思議そうに言う。

「すごいね、ヨウちゃんから許可なんて貰《もら》えたんだ」

「……貰えるはずないだろ」

「へ？　でも、親の同意書って」

「同意書を印刷して、勝手に印鑑を捺《お》したんだよ。これから必要になると思ってさ」

「おぉ～、やるね」

「感心されても困るけどな」

これで大和は、カラオケオールをする聖良を注意することができなくなったわけだ。

とはいえ、大和にとってはなりふり構っていられないのも事実で。

「それと、キャンプ場って言っても、火を起こしたければ自分で点《つ》けなきゃいけないし、テントの設営も自分たちでやる必要があるんだ。割と重労働だし、ある程度は白瀬にも手伝ってもらうからな」

「任せて。こういうのってワクワクするし」

「やけに頼もしいな……。でも、勝手に遠くへ行ったりするなよ？　移動が必要になることは俺がやるから。——あ、トイレはすぐ近くにあるから、あとで案内する」

「大和の方こそ、頼りになるじゃん」

「これからは、もっとしっかりしないといけないからな」

それがこんな無茶な逃避行に連れ出した者の責任の取り方だと、大和は考えていた。

そんな風に意気込む大和の手を、聖良がぎゅっと握ってくる。

「白瀬？」

「寒かったから。それと、薪は私も持つよ」

「わかった」

そうしてキャンプ地に到着してから、テントの設営を始める。

辺りは真っ暗で、大和が持参してきたキャンプ用のライトで手元を照らしながら、黙々と作業を進める。平日ということもあり、他に利用客はいないようだ。閑散とした森の景色は寒々としていて、心細さを助長する。

大和が昔来たときは、もっとのどかな場所だった気がするのだが、そのときは季節が夏だったからかもしれない。少なくとも、イメージしていたものとはだいぶ違っていた。

とはいえ、今さら後悔しても仕方がないので、大和はひたすらに作業を続ける。

「──よし、できたな」

スマホでやり方を調べながら、聖良と協力したのもあって、テントの設営は無事に完了した。

と、そこで気づいたが、テントは小さいものを一つしか持ってきていなかった。

つまり、大和と聖良が寝るときには、この中で一緒に寝ることになるわけで……。

「大和ー、火の勢いってどれくらいにする？」

「へっ⁉」

そんなことを考えている最中に声をかけられたことで、大和は素っ頓狂な声を上げる。

「どうかした？」

「い、いや、なんでもない。火起こしは俺がやるよ。多少の調理と、あとは俺たちが温まれれば十分だよな」

「だねー。じゃあ任せた」

そうして大和がスマホで火起こしのやり方を確認しながら、苦戦すること十数分。

ようやく火が点いて、大和たちは身体を温めることができた。

レジャーシートの上に座りながら、二人で身を寄せ合う。

「温かいね」

「ああ」

「お腹空《なか》いた」

「もう少ししたら、小型の鍋をするつもりだよ。一応、家から調理器具と食材は持ってきたから」

「やったー」

「足りなかったら、インスタントのやつを食べよう」

「うん。――それにしても、自然の中って感じだね」

聖良が言うように、二人はまさしく自然の中にいた。

頭上の夜空がとても広く感じられる。澄み渡った空には月と星々が煌々《こうこう》と輝いていて、ここは都会ではないのだと改めて認識させられた。

それに焚《た》き火が点いたことで辺りが照らされて、ここが広い森の中であることを再認識させられたことで、世俗から離れた場所に来たことをより一層実感させられていた。

この世界には、大和と聖良の二人きり。

そんな風に錯覚を起こしてしまう程度には、大和は心細さを感じていた。

これは紛れもなく、自分が望んだことだというのに。

――ぐぅ～。

そこで聖良のお腹が鳴った。

「お腹空いた」

「だな、ご飯にしよう」

「うん」

正直なところ、このままではどんどん物寂しい気持ちに侵食されていくような気がしていたので、聖良のお腹の音には感謝したいくらいだった。

大和は持参したダッチオーブンを使い、パック詰めしてある鶏肉《とりにく》入りの鍋セットを中にぶち込んで、そのまま火で加熱していく。

ずいぶんと雑な調理方法だが、初回ならこんなものかと大和は自分を納得させた。

ポットに入れた温かいお茶を回し飲みしながら、待つこと数分。

「そろそろかな」

ダッチオーブンの蓋を開けると、湯気とともにぐつぐつと煮えた鶏鍋が姿を現した。

「おぉ～、美味《おい》しそう」

感動する聖良を横目に見ながら、大和は上機嫌に椀《わん》へと盛り付けする。

この大和特製の鶏鍋は、鶏肉の他に白菜と簡単な調味料で味付けしたスープが入っているだけだが、大自然の中というシチュエーションも相まって、やけに美味しそうに見えた。

「どうぞ、召し上がれ」

「いただきまーす」

さっそく聖良が鶏肉を口に入れると、はふはふと熱そうにしながら「ん〜っ」と美味しそうに悶《もだ》えてみせる。

大和も鶏肉を食べてみると、薄味でぷりぷりとした食感が口の中に広がった。続いて、スープに口を付けると、じんわりとした旨味《うまみ》が身体《からだ》を芯から火照《ほて》らせていく。

元々、大和たちは空腹だったこともあり、やたらと美味しく感じていた。この鶏鍋自体は全然手間がかかっていないというのに、なんとも不思議なものである。

「美味《うま》いな。これが大自然の力ってやつか」

「やっぱり料理は、食べる人と場所が大事だよね」

「だな。ほんとに白瀬といると、それを実感させられるよ」

自然と大和はそんな言葉を口にしていて、ふと隣を見たら、聖良が顔を赤く染めていた。

「今さら照れるなよ……」

「照れてない」

「そうですか」

どうしてだか大和まで恥ずかしくなってきて、ごまかすようにスープをずずっと飲む。

それから二人はあっという間に鶏鍋を平らげて、ついでに持ってきた塩ラーメン（インスタント）まで食べてから、初のキャンプ飯は終了した。

片付けをしている最中、聖良がふと尋ねてくる。

「大和が前にキャンプをしたときって、ヨウちゃんと二人で来たの？」

「いや、そのときは父さんもいたから三人だったけど。それがどうかしたのか？」

「ううん、なんとなく気になっただけ。大和のお父さんって、どんな人か聞いていい？」

聖良がこうして家族のことに踏み込んでくるのは珍しい。何か心境の変化があったのかもしれない。

隠しておく必要もないので、大和は片手間に答える。

「もちろん。まあうちの父さんは、普通の人かな。俺がまだ小学生ぐらいのときに両親が離婚してからは、あんまり会ってないんだけど、普通に優しくて、普通に良い父親だよ」

「そうなんだ。大和の家も大変なんだね」

「まあ、母さんは大変だっただろうな。片親で俺を育ててくれたわけだし。その点、俺は特になにも苦労はしていない気がするよ」

「そっか」

よくある家族の話だったが、それでも聖良は満足そうにしていた。

そのことが大和は嬉《うれ》しくて、同時に少し照れくさくもあった。


ひと通りの片付けを終えた後は、二人でシートの上に並んで座る。

頭上の星空を飽きもせずに眺める聖良の横顔を見て、大和はゆっくりと口を開く。

「白瀬は、お父さんとのことを何も聞かないよな。それに、文句一つ言わない」

すると、聖良は星空を眺めたまま答える。

「不満？」

「いや、俺に不満とかはないよ。ただ、白瀬が本心ではどう思っているのか気になってさ。この逃避行に賛成しているのか、反対しているのか……みたいな」

この聞き方はずるいと思いつつ、大和はそんな気持ちを吐露する。

聖良はなおも頭上を眺めたまま答える。

「賛成とか反対とか、考えたことなかったな。ただ、私の家の事情に大和を巻き込んじゃったから、ごめんねとは思ってる」

「そうか」

「うん」

そう言われて、大和は肩の荷が軽くなった気がした。

だからか、

「白瀬のお父さん、大人って感じだったよ。多分ずっと、あっちのペースで話は進んでいた気がする」

気が付いたら、大和はそう口にしていて。

聞かれない限りは話さないと決めていたのに、つくづく自分の弱さを実感してしまう。

「私たちは、まだ子供だもんね」

「ああ。今回の話し合いで、どうしようもなく、それを痛感させられた気がする。しかもあっちは、俺の都合まで抱え込むような案を出してきてさ。ほんと、敵《かな》わないって思ったよ」

「だから、逃げようと思ったんだ？」

「ああ、そうだよ。あっちの思い通りになるくらいなら、って。……情けないよな」

すると、聖良は首を左右に振ってみせる。

「私も逃げた口だし、気持ちはわかるよ」

聖良は自身の中学時代のことを言っているのだろう。確かに、『逃げた』という意味では同じかもしれない。

「でも、俺は多分、一人だったら逃げようとすら思わなかった。ただ思考を停止させて、あっちの言いなりになっていたと思う。俺はさ、そんな弱い奴《やつ》なんだ」

聖良が一言も責めてこないから、代わりに自虐してみせる。

その行為になんの意味があるかもわからずに、大和はただ自己嫌悪《じこけんお》を深めていく。

そこで聖良は視線を向けてきて、ふっと笑う。

「弱くていいじゃん。私はその弱さに救われたよ」

「えっ？」

思わぬ言葉に動揺していると、聖良は囁《ささや》くように続ける。

「大和は私の前から逃げないで、私と一緒に逃げ出してくれた。だから、私はもう十分幸せなんだ」

「白瀬……」

思わず、彼女を抱き寄せたくなった。

愛おしくて、大切で。

ただ、この状況でそれをするのは卑怯《ひきょう》な気がして。

どうしても、大和は動き出せずにいる。

そんな大和を見て、聖良はなおも微笑《ほほえ》み続ける。

「それにね、大和はお父さんが強い人間だと思っているみたいだけど、そうでもないよ」

「それは、どういう……？」

「お金と立場があるってこと以外は、案外私たちと変わらないってこと。力がある人が、強いわけじゃないから」

「そうかな？」

「うん。みんな必死で、そうじゃない風に取り繕っているだけ。お父さんが私を見るときなんて、いつも理解できないものを目にして怖がっているようにも見えるし」

そう語るときも聖良は淡々としていて。

その姿は大和の知る彼女とは、少し違って見えた。

「……やっぱり、白瀬はすごいな。俺には見えていないものも、ちゃんと見えているみたいだし」

「じゃあ〜、私だけが特別ってことにしよっか」

「そ、その言い方は……なんか、嫌だ」

その言い方だと、聖良だけを孤立させる気がして、どうにも気に入らなかったのだ。

「でも、そういうことでしょ？　お父さんも言ってたと思うけど、私って普通と違う天才みたいだし」

「それは、まあ……」

「容姿端麗、頭脳明晰《ずのうめいせき》、人や物事を見る目があって、運動も得意。……確かに、比較対象によっては天才で特別だよね、私は」

いざ本人からそう語られると、改めて凄《すご》いものだと感心させられる。

ただ、まだ足りない。

大和からすれば、聖良を特別たらしめている要素はまだまだこんなものじゃない。

ゆえに、大和は自然と口にする。

「他にもまだまだあるだろ。妙にズレた考え方とか、淡々としているのに癖になる話し方とか、自然体でこっちをドキドキさせる仕草とか、実は方向音痴だったり、負けず嫌いだったり、好きな食べ物に偏りがあったり、子供っぽい意地を張ったり、世間知らずで時間にルーズだったり、思いつきで行動する範囲が広すぎるところとか全部、全部、俺にとっては特別でしかないよ」

とりあえずある程度、思いつくことを語ってみると、聖良はぽかんとしてから笑顔になる。

「すごっ。私、大和にとってめちゃくちゃ特別じゃん。一部、物申したいところはあったけど」

「どこだ？　異論は受け付けるぞ。方向音痴なところだけは譲らないけど」

「あはは、先読みされた」

楽しそうに笑う聖良を見ていると、胸がどんどん高鳴ってしまう。

（あと、その笑顔とか、俺にとっては反則なんだよ……とは、さすがに言えないけど）

言えないから、代わりにデコピンしてみせる。

「いたっ。デコピンはなしにして、姉さんの得意技だからムカついてくる」

「今の得意技はビンタなんじゃないか？」

「あー、そうだった。あれはもう受けたくない、ほんとに痛かったから」

頬をさすりながら苦い顔をする聖良を見て、今度は大和が笑ってしまう。

すると、聖良はニッと不敵に笑う。

「でもそういうことなら、私にとっては大和だって特別だよ」

「えっ……その、たとえば？」

怖いもの知りたさに大和が尋ねると、聖良はうーんと少し考え込んでから、

「真面目ぶってるけど実はそんなに真面目じゃなかったり、流されやすいように見えて自分が納得できたもの以外には折れなかったり、自分のことにはルーズだけど、他の人のことになると本気で怒ったり、走ったり、勇気を出したり励ましたりもするよね」

「それが、特別か？　べつにそうでもないし、そうだとしても普通な気がするけど……」

つまり優等生というほどでもなく、優柔不断そうに見えるが頑固な面もあり、他力本願な側面を持つ……という風に、大和はひねくれた受け取り方をしていた。

そんな大和に対し、聖良はムッとして続ける。

「じゃあ、私の主観的なことで言うね。——まず、大和の声を聞いてると落ち着くし、話してるとテンポが合う気がするし、顔が可愛《かわい》いと思うし、でも意外に手とか身体《からだ》は大きくて、男の子扱いしないとすぐ拗《す》ねるところがやっぱり可愛くて、たまに胸とかお尻とかすごい見てるけど、バレてないと思ってるところがアホだけど可愛くて、あと、最初の夜に会ったとき、カラオケで汗の匂いがしたからシートをあげたと思うんだけど、実はあの匂いがなんか癖になってたりするんだよね。それと——」

「ああもういい！　わかった！　わかったから！　俺は白瀬にとって特別なんだな！　あと、白瀬は思ったよりも変態だ！」

聞いている方が恥ずかしくなるようなことを淡々と語られて、大和の方が恥ずかしいやら照れるやらでギブアップしてしまった。

しかし、聖良はまだ言い足りないようで。

「え？　変態は大和でしょ。結構、鼻の下を伸ばしてることが多いし」

「いいや、そっちこそ変態だ！　だいたい、汗の匂いが癖になるってなんだ！　俺はあのとき、結構傷付いたんだからな！」

「知らないし。でもまあ、わかってくれたならよかった」

「わかったって、俺は自分を変態だと認めた覚えはないぞ！」

「そっちじゃなくて、大和が私にとって特別だって話」

「あー……まあ、そりゃあな」

　恥ずかしげもなく聖良はそんなことを伝えてくるものだから、やはり敵わないなと実感させられる。

　そしてなんの話からこんな話に派生したのか、大和はパニックを起こしたせいでわからなくなっていた。

　混乱する大和に対して、聖良は諭すように言う。

「つまりね、特別じゃない人なんていないんだよ、きっと。誰もが誰かにとって特別なんじゃない？　ってこと」

　奇《く》しくもそれは、聖良の父・伶次郎が口にした言葉でもあり、大和にとっては苦い記憶が思い起こされた。

「それ、白瀬のお父さんにも言われたよ。まさにその通りなんだろうな。今なら少しは納得できる気がする」

「へぇ、なんかやだな。でも大和が納得できるのは、私に言われたからじゃない？」

「かもな。……少なくとも、今のこの状況は、白瀬が望んだ普通の学校生活とは程遠いよな」

夜空に手を伸ばしながら、大和がため息交じりに言うと、聖良がきょとんとしてみせる。

「うん？　ちょっと、後悔してる？」

「……してない、って言ったら嘘《うそ》になると思う。それになんというか、今は早く大人になりたいって、そんなことを考えてる」

「大人になったら、何時に外を歩いても文句は言われないもんね」

「すぐにその発想に行き着く辺りがさすがだよ。この、不良少女め」

「えー、不良少年に言われたくない」

こてん、と。

そこで聖良が肩に頭を預けてくる。

「大和はさ、大人になったらなにがしたい？」

「わかんないな……。大人になりたいとは漠然と思ったけど、大人になって何をやりたいか、までは考えてなかった。白瀬がいれば、それでいいと思ったからさ」

「私と一緒にいるために、大人になりたいんだ」

「ああ。ほんと、主体性がないよな」

「ううん、嬉《うれ》しい。私も大和と一緒にいたい」

聖良と一緒にいたい。

そのことに執着するあまり、目の前の時間を奪われることが耐えられなかった。

だから、反発した。

逃げるという手段を取った。

けれど、衝動的に動いたせいで、その先の『幸せ』については深く考えることができていなかった。

今隣にいる少女の幸せを、共に歩く自分の幸せを、ちゃんと考えることができていなかったのである。

ゆえに、大和は一度、考えを原点回帰させる。

自分が彼女といるために、どうしてきたのか。

——それは、彼女と並び立てるように努力することだったはずだ。

そして今、癪《しゃく》に障《さわ》るが、彼女の父親が道を示してくれている。

努力次第で、彼女と歩み続けられるだけの道を。

それを一時の自分のプライドだけで無下にするのは、あまりにも勿体《もったい》ないと、今の大和なら思えた。

試されているのならば、乗り越えればいいだけの話だ。要は認めさせれば、彼女と一緒にいても構わないということなのだから。

(どうせ、白瀬は一方的に俺を引っ張ってくれるつもりだったみたいだけどな)

仮に大和が挑戦せずとも、聖良は一人でなんとかしてしまうのだろう。

ただ、そうだとしても、彼女が苦しんでいるときに、支えてやれるだけの力が欲しいと思った。

少なくとも、これは大和が努力するというだけの話で、聖良が妥協点として選ぼうとした道を阻害するものではない。

ゆえに、大和が勝手に追随するだけの話ともいえる。

要するに、ただの自己満足である。

それでもいざというときのために、大和にも力があるに越したことはないはずだ。

たとえば、今度こそ地の果てまで一緒に逃げよう、となったときなんかに。

そのときにはもう、二人とも成人済みで、きっとどこへだって行けるはずだから。

……そんな風に。

決意を新たにしたことを伝える前に、大和には伝えるべきことがあるように思えた。

一つの終わりを迎えるのであれば――と。

「白瀬、俺――」

そこまで言ったところで、大和は口をつぐむ。

「すぅ、すぅ……」

隣に座る聖良が、可愛らしい寝息を立てて眠っていたからだ。

（…………俺も寝るか）

伝える機会は、別に今じゃないといけないわけじゃない。

ただ、早く伝えるべきなのは間違いないだろう。

願わくば、次の機会の自分が臆病風に吹かれないように、と祈るばかりだ。

変に動くと聖良を起こしてしまいそうなので、互いの肩に上着がかかるようにしてから、大和も両目を瞑《つぶ》った。

今日だけでいろいろなことがあり、遠出をした疲れもあってか、すぐに大和の意識は遠のいていった――。

「う……」

大和が目を覚ますと、まだ辺りは薄暗かった。

焚《た》き火が消えているせいか、とても肌寒く感じる。

隣を見ると、未《いま》だに聖良は眠っていて。

（このままだと、さすがに風邪を引くよな……）

とはいえ、聖良が大和の胸元をがっちり掴《つか》んでいるせいで、ほとんど身動きが取れない状態である。

仕方がないので、大和はこの体勢のままでもできる運び方――お姫様抱っこをして、聖良をテントまで運ぶことにした。

相変わらず聖良は軽いので、持ち上げるのに苦労はしなかった。

だがその代わりに、互いの顔がとんでもない近さになってしまう。

やはり、聖良の寝顔の破壊力は凄《すさ》まじい。迂闊《うかつ》に気を抜くと、自然とこちらの顔が引き寄せられてしまいかねない。

ふー、ふー、と鼻息が荒くなるのを大和は感じながら、起こさないようにゆっくりと歩き出したのだが――

「ん……」

小さく声をこぼしたかと思えば、聖良がぱちりと目を開ける。

大和にとってはまさに最悪の状況で目覚められて、どうにか誤解をされないよう取り繕おうと思ったのだが、

「おはよ、大和。……私、浮いてる？」

呑気《のんき》に挨拶をされたことで、大和も自然と落ち着きを取り戻していく。

「あ、ああ、おはよう。その、このままだと風邪を引くかと思って、テントまで運ぼうと思いまして……」

「お姫様抱っこ……って、やつだ」

「ま、まあ、成り行きで」

「顔、近いね」

ビクッとして、大和は大きく仰《の》け反《ぞ》った。

すると、聖良がぷっと吹き出してみせる。

「あはは、そんなにいやかな、私とキスするの」

「はっ、はぁっ⁉ そ、そんなんじゃないって！」

「下ろしていいよ、目は覚めたし」

ひとまず言われた通りに下ろすと、聖良はスマホを確認してから大きく伸びをする。

「まだ暗いね。もう、結構いい時間なのに」

大和もスマホを確認すると、すでに時刻は四時を過ぎていた。そろそろ日が出てもおかしくない頃合いではある。

そこでふと、大和はこの近くに見晴らしの良い丘があることを思い出した。

前に家族で行ったときには夕暮れどきだったが、景色がとても綺麗《きれい》だったのを覚えている。今から向かえば、ちょうど朝日が出るところを見られるかもしれないと思った。

「あのさ、目が覚めたなら、ちょっと付き合ってくれないか？」

「ん？　いいけど」

それから二人は、近くの丘まで向かうことになった。

大和の記憶を頼りに並木道を進んでいくと、目的地を指し示す看板が見えた。

そうして十分ほどで、丘の上に到着する。

周囲の空はぼんやりと明るみだしていたものの、なんとか間に合ったようだ。

「へぇ、すごい見晴らしだね。遠くの街まで見えるよ」

「だろ。昔、ここに家族で来たのを思い出してさ。間に合ったみたいでよかったよ」

「朝日、見るんだよね。まだちょっと時間がありそう。自販機とかないのかな、寒い」

丘の上ともなると、標高もなかなかのようで、確かに寒さが厳しくなった気がする。

とはいえ、周りに自販機らしきものは見当たらず。

代わりに小さなベンチは見つかったので、そこに二人で身を寄せ合って座る。

「こうやってくっついてると、寒くなくなってきたね。あと一ヶ月遅く来てたら、二人とも凍えていただろうけど」

「縁起でもないことを言うなよ……」

「若い男女が駆け落ちした末に心中、みたいな感じでネットニュースに上がったかも」

「ありそうで怖いからやめてくれ……。そんな風になるつもりはないから」

「そうなんだ？」

いたずらっぽく笑う聖良を見ていると、まるでそれでも構わないかのように見えてしまうから不思議である。

それからしばらく、二人の間に会話はなく。

ここで大和は昨夜に決意したことを話すつもりだったのだが、どうにも言葉が上手《うま》く出てこない。

自分勝手に意見を変えて聖良を振り回すことが、果たして許されるのかと、今になって悩み始めていたからだ。

こういうときには一度、頭をリセットしようと思って、遠くの景色を眺めてみる。

明るんできた空の下、明かりのない街並みは閑散としていて、見ているだけで気持ちが落ち着いてくる。

隣に触れ合う温《ぬく》もりがあるからこそ、一見すれば寂しい景色を綺麗だと感じられるのだと思い、感傷的な気分になった。

胸の内に秘めた想《おも》いを伝えれば、二人の今までの関係は終わりを迎えてしまう。

そんな、漠然とした予感が大和の中にはあった。

それを寂しいと思いつつ、伝えなければとも感じていた。

「――ありがとね」

ふと、そこで聖良が告げた。

唐突だった。

その短い感謝の言葉は、大和が口にしたくても躊躇《ためら》っていた、いわば終わりを告げるものに思えてならなかった。

だからか、大和はその言葉を引き継ぐように言う。

「こちらこそ、俺のわがままに付き合ってくれてありがとう」

黙って言葉を待ってくれている聖良に感謝をしつつ、大和は言葉を続ける。

「考えが、まとまったんだ。これも白瀬のおかげだよ。――でも、その前に伝えておきたいことがある」

「えっ？」

その言葉は聖良にとって意外だったようで、静かに顔を向けてくる。

そこで大和は身体《からだ》を僅かに離して、聖良と見つめ合う。

朝日が昇り、白んだ光が二人を照らす中――


「――俺、白瀬のことが好きなんだ」


きょとんとしてみせる聖良に対して、大和は真《ま》っ直《す》ぐに見つめたまま告げる。

「だから俺と、付き合ってほしい」

すると、聖良は間髪を入れずに、

「はい、私でよかったら。私も大和のことが、好きだから」


「…………」

その答えを受けて、呆気《あっけ》に取られる大和を見て、聖良は念押しするように続ける。

「もちろん、恋愛的な意味だよ。というか、大好き」

　そう言って、照れくさそうに微笑《ほほえ》む聖良を見て、大和はようやくその気持ちを素直に受け入れることができた。

「そうか、よかった……。本当によかった……。正直、めちゃくちゃ嬉《うれ》しいし、ホッとしたけど、びっくりもした」

「びっくりしたんだ？」

「そりゃあ、そうだよ。だって、白瀬も俺のことが好きって……一体、いつからそう思ったんだ？」

　もう気持ちを取り繕う必要もないので、大和は気になったことを直球で尋ねてみた。

　すると、聖良はもじもじとしながら答える。

「好きだって確信が持てたのは、お盆の辺りかな。大和と離れてみて、いろいろと考えていたら納得した感じ。だから電話で声を聞いていたとき、ずっとドキドキしてたよ」

「そ、そうか。夏休みが終わってからも全然そんな素振りを見せなかったから、気付けなかったよ」

「多分、私にとって、これまでの人生で一番大事な選択になると思ったから。さすがに慎重にもなるっていうか、状況も状況だったし」

　状況というのは、父親から大和の身辺を調査していると伝えられたことを言っているのだろう。確かに、迂闊に想いを伝えられる状況ではなかったのかもしれない。

「ま、まあ、そうだよな」

「それにもし私が気持ちを伝えたら、大和は優しいから、きっと自分の気持ちはどうであれ、受け入れてくれると思って。でも状況的にそれはずるいと思ったし、私の方からはどうしても言えなかった」

「気を遣わせていたんだな、ごめん」

「ううん。もしかしたら大和も同じ気持ちかもしれないと思ったし、待ってるのもドキドキしたよ。やきもきもしたけど」

「やっぱり、気を遣っていたんじゃないか。……待たせて、悪かったな」

「謝ってばっか。せっかく恋人同士になれたのに」

頬を膨らませてむくれる聖良。

恋人同士という単語に、大和は照れくさくなりながらもその手を握る。

「そうだよな。——ありがとう、聖良」

「あ……名前で呼んでくれた。こちらこそありがと、大和」

心底嬉しそうに、聖良は顔をほころばせる。

そして赤面しながらも頷《うなず》く大和を見て、聖良は何やら思い付いたように言う。

「ねぇ、そういえば」

「うん？」

「私、大和とキスがしたい」

「はいっ⁉」

「ダメ、かな？」

間近で上目遣いに見つめられて、大和の心臓は爆発しそうなほどに高鳴っていく。

「いや、その、そういうことは、段階を踏んでといいますか……」

「ん」

そこで聖良は向き直るなり、目を瞑《つぶ》った。

ここまでされたら、大和も逃げるわけにはいかず、覚悟を決める。

ごくり、と。

大和は生唾を飲んでから、聖良の両肩に手を置く。

それからゆっくりと近づいていき。

その薄桃色の唇に、そっとキスをした。

「……しちゃったね」

「………………ああ」

「あはは、顔真っ赤」

「聖良だって、ちょっと赤いぞ」

「だって、ファーストキスとか照れるし」

「俺も初めてだったし、気持ちは同じだよ」

「でもキスってなんか、癖になるっていうか……ねぇ、もう一回しない？」

「ああ」

そうして二人は、二度目のキスをした。

今度はしっかりと、互いの唇を重ね合わせた――。


それから少しの時間が経《た》って。

すでに昇ってきている朝日をながめながら、大和は小さく言葉をこぼす。

「俺は馬鹿だな。こんな遅いタイミングになって、ようやく気づくなんてさ」

「それって、将来の話？」

「ああ。俺たちの、将来についての話だよ」

抽象的な物言いだが、それでも聖良には伝わったらしい。

このまま逃げ続けるだけでは、幸せにはなれない。

そのことに気づいて、大和は話を切り出したのだ。

すると、聖良はふっと微笑んでみせる。

「それなら、遅くなんかないよ。むしろ、今気づけてよかったじゃん。私たち、まだまだこれからだって」

「これから、か」

「そう、これから。大和がどういう道を歩んでも、私は頑張れるよ」

聖良は初めから、戦う意志を示してくれていた。

現時点では抗《あらが》い様のないことだと、聖良にはわかっていたからだろう。

ゆえに、大和も覚悟を決めることができた。

たとえ自分のポリシーに背こうとも、『今』を犠牲にすることになるとしても――

「なら、俺も戦うよ。聖良と一緒に戦う」

「大和……」

「俺も成長して、聖良の父親に認めさせてやるんだ。――俺がこれからも、聖良のそばにいることを」

一瞬だけ、聖良は驚いてみせたものの、すぐさま笑顔になって身を寄せてくる。

「うん、ありがと。一緒に頑張ろ」

たとえ一時は、離れ離れになったとしても。
心の繋《つな》がりが切れることはないと、今の二人は理解していた。
それを再び確かめ合うように、互いの手を重ねて。
もう一度、二人は唇を重ね合わせた――。

エピローグ　七度目の雪が降る聖夜に

季節は冬。恋人たちが過ごすクリスマスイブの夜。

光り輝くイルミネーションが街を彩《いろど》る中、スーツ姿の大和《やまと》は紙袋を片手に走っていた。

「ったく、待ち合わせ場所は駅前だって言ったのに……！」

辺りを見回すものの、どこもかしこも人で溢《あふ》れかえっていて、目的の人物の姿は見当たらない。

特に人通りが多いメインストリートには大きなツリーが飾られて、クリスマスといえばお馴染《なじ》みのＢＧＭが流れている。カップルや親子連ればかりが目に付いて、皆、どこか浮かれているように見えた。

そんな人々とは打って変わって、焦《あせ》りを募らせる大和だったが、商業ビルの一面を飾る巨大な広告を前にしたところで足を止めた。

そこに載っているのは、リリースしたシングルやアルバムが即完売、公開されたＭＶは一千万越えの視聴回数を誇る大ヒットシンガーであり、同時に人気雑誌の専属モデルまで務め、ティーンズ世代を中心に幅広い層の支持を集める、次代の歌姫と称される女性だった。

名前は『SEIRA』。

その広告を大和はぼんやりと眺めていたのだが。

――ブーッ。

そこでスマホが新着のメッセを報《しら》せたので、急いで確認する。

すると、相手は瑛太《えいた》で。

『メリクリー！　こっちは奥さんと子供とハワイ旅行中だぜー♪』

画像まで添付されていて、アロハシャツを着た瑛太の隣には養護教諭の元・藤田《ふじた》先生の姿があり、三人の子供とともに仲睦《むつ》まじく映っていた。二人は瑛太の高校卒業後、すぐに結婚したのだ。

「呑気《のんき》なもんだよな。こっちは今、それどころじゃないってのに」

瑛太には適当に『メリクリ。そっちは楽しそうで何よりだ』と返事を送ってから、再び辺りを見回す。

けれど、やっぱり街中では目的の人物の姿が見当たらず。

――ブーッ。

そこで再び、スマホが振動する。

また瑛太かと思い、苛立《いらだ》ちながらも確認すると、今度は違って。

『噴水広場で迷子と戯《たわむ》れ中』

「……迷子は自分だろうが」

呆《あき》れながらも、行き先に見当がついたので、急いで向かう。

近くの噴水広場に着くと、色とりどりのイルミネーションが照らす光の中に、それらしき人物の姿があって。

灰色がかった髪を腰まで伸ばし、縁の大きな眼鏡をかけて、白のトレンチコートに身を包むその姿は、やたらと目立つ。

迷子らしき小さな女の子が泣いている前で、屈《かが》みながら彼女は口ずさむ。

「ウィー・ウィッシュ・ア・メリークリスマス・アンド・ハッピー・ニューイヤー～♪」

囁《ささや》くようにクリスマスソングを歌うと、女の子は泣き止《や》んでパチパチと拍手をする。

「おねえさん、おうたじょうず！」

「ふふ、まあね。せっかくのクリスマスだし、泣いてたらもったいないよ」

「うん！」

女の子が元気を取り戻したところで、声をかけるタイミングを見計らっていた大和が近づいていく。

「探したぞ、聖良《せいら》。こんなところでなにやってんだ」

その横顔に声をかけると、女性——聖良は立ち上がって、きょとんとしてみせた。

「あれ？　変装してるのに、すぐバレちゃった」

「伊達《だて》眼鏡だけだと、案外わかるもんだぞ。ったく、用心が足りないというか」

「芽衣《めい》からはバッチリって言われたんだけどな〜」

納得がいかない様子で、伊達眼鏡を外す聖良。

その顔立ちはやはり美しくて、ここ数年でさらに磨きがかかったように思えた。

うっかりしていると見惚《みと》れてしまいそうになるので、大和は咳払《せきばら》いをしてから本題に入ろうとする。

「あのさ、聖良。今日はこの後、ライブがあるだろ。だから——」

——ピピピッ。

そこで聖良のスマホが音を鳴らす。

構わず出るよう大和が促すと、聖良はスマホを確認した。

「あ、噂《うわさ》をすれば。——もしもし、芽衣？　え？　ちゃんと外ではマネージャーって呼べって？　あ〜、了解。今は大和といるよ、代わる？　……あれ」

どうやら通話はすぐに終わったらしく、聖良がきょとんとしながら顔を向けてくる。

「切られちゃった。ライブのことで話があったみたいだけど、あとでいいってさ」

「ははは……環《たまき》さんも苦労するな、歌姫『SEIRA』がこうも自由人だと」

歌姫『SEIRA』――それは白瀬《しらせ》聖良、その人だ。

あれから女優やアイドルなど、様々な道が父親から用意された中で、聖良が選んだのは歌手の道だったのだ。モデル稼業《かぎょう》は、いわゆるついでらしい。

転校した高校の在学中にデビューした聖良は、瞬《また》く間に結果を出し、一躍スターとなった。

そして附属の四年制大学を卒業した今も、歌手活動を続けている。

ちなみに芽衣は現在、聖良の専属マネージャーを務めており、いろいろと振り回されながらも充実した日々を送っているようだ。

「おねえさん、SEIRAなの？」

会話を聞いていた女の子が不思議そうに尋ねてくると、ギクッとした大和をよそに、聖良は人差し指を唇に添えて答える。

「しーっ、だよ。さっきのおうたは、特別だから」

ウインク交じりに聖良が告げると、女の子は目を輝かせながら頷《うなず》いてみせた。

おかげで、周囲には正体が気付かれていないようだ。

「すっかり、ファンサービスも板についてきたみたいじゃないか」

大和が半ば呆れぎみに言うと、聖良はぼんやりとしながら答える。

「まあ、そうでもないけど。姉さんにはよく軽いって言われるし」

「それ、礼香《れいか》さんにだけは言われたくないような……」

「海外を放浪してばっかの人には、さすがにね。──あ、海外といえば」

そこで聖良は思い出したようにぽんと手を打ってから、

「お正月は椿《つばき》も戻ってくるみたいだよ。昨日、連絡あった」

その話を耳にした大和は、気まずくなって視線を逸《そ》らす。

「へ、へぇ……香坂《こうさか》さんは日本のバレエ団に所属して、今はヨーロッパ諸国を遠征中だったよな」

「そーそー。──けど、大和はこの前、椿に告白されて振ったんだっけ」

「うぐっ」

「でも椿、諦めないって言ってたな～」

「は、はは……困ったものだよな、ほんと」

それは数ヶ月前のこと。

……というより、すでに椿からは何度か告白をされていて、その全てを『聖良が大事だから』という理由で大和は断っているのだが、一向に諦める気配がないのだった。

「まあ、その執念で大成功を掴《つか》んだようなところがあるからな」

「椿、しつこいからな～」

「じぃー」

言葉にしている通り、聖良からじぃーっとジト目を向けられる。

とにかく気まずい大和は視線を合わせないまま、ひとまず話題を切り替えることにする。

「そ、そういえば、今年も正月はうちに来るのか？　母さんも会いたがってたぞ」

「行くー、ヨウちゃんに会いたいし。けど大和、露骨に話題を変えすぎじゃない？」

「そ、そんなことは……もう、勘弁してくれ」

「べつにいいけど。――それにしても、お母さん来ないね」

聖良の言う通り、いつまで経《た》っても迷子の女の子の母親が現れないので、そろそろ女の子を交番に連れていくべきかと考え出したところで、

「――あ、ママ！」

そこでちょうど、女の子がお母さんの姿を見つけたらしい。

女の子は駆け寄っていくと、そのまま母子ともにお辞儀をしてきた。

「よかったね、見つかって」

「だな」

「で、これからどうするの？　ゆっくりデートをする時間はあんまりないけど」

気持ちを切り替えた様子で、聖良が淡々と尋ねてくる。

そのとき、噴水がライトアップされて、辺りがイルミネーションの光とともに煌々《こうこう》と輝き出した。

ここぞとばかりに向き直った大和は、真《ま》っ直《す》ぐに聖良を見つめて告げる。

「聖良、誕生日おめでとう。これ、プレゼント」

手にしていた紙袋から箱を取り出して手渡すと、聖良は嬉《うれ》しそうに微笑《ほほえ》む。

「わー、ありがとう。開けていい？」

「ああ、どうぞ」

聖良はその場で待ちきれない子供のようにはしゃぎながら、手早く包装を解いていく。

中から出てきたのは、ヘッドホンだった。

「あ、これ、この前欲しいって言ったやつ。買わないでくれって言ってたのは、今日のためだったんだ」

「ま、まあな。喜んでもらえたかな？」

「うんっ、嬉しい。ありがと、大和」

幸せそうに笑う聖良を見て、大和は胸の辺りがほっこりと温かくなった。

「今年もお祝いすることができてよかったよ。聖良、あれからずっと忙しいみたいだし」

「それを言ったら大和の方こそ、すっごく仕事を頑張ってるみたいじゃん。お父さんも渋い顔で『そこそこ見どころがある』とか言ってたよ。もうあれ、実質大和のことを認めたようなものだよ」

「はは、見返してやるって決めて頑張ってきたからな。まだまだこれからだけど、手応えは摑んでいるよ」

ここ数年は、大和にとっても本当に忙しい日々だった。

高校卒業後はなんとか有名大学に入り、大学生になってからも勉強の傍《かたわ》ら、アルバイトやインターンで社会経験を積み、聖良の父親やその他関係者と何度もぶつかった。叱られることも少なくなかった。

そして今年、聖良の父から満を持して紹介された会社に就職してからは、立ち上がったばかりの新部署に配属されて、いきなり結果を求められる日々に、見事応えてみせたところである。

大和がこうして頑張ってこられたのは、ひとえに聖良がいたからだ。共に頑張る聖良の姿を見て、いつも置いていかれないように必死だったのだ。

　そんな大和が改めて意気込んでいる姿を見て、聖良は少し不安そうにする。

「映像とか広報とか、いろいろ多方面の業務や折衝を担《にな》う部署って聞いたけど……。この前、スタジオに大和が来たときは、さすがにびっくりしちゃったよ。新人なのに企画まで任されて大変だって芽衣が言ってたし、身体《からだ》とか大丈夫？」

「確かにあんまり寝られなかったりするけど、休むときは休んでるし、なにより実力は認めてもらえているから。それに達成感があるし、俺も聖良には負けていられないからな」

「大和、かっこいいね」

「だろ？　これからさらに成長して、いずれは起業するつもりだ。——けど、その前に」

　急に大和がもじもじとし始めるものだから、聖良は不思議そうに小首を傾《かし》げる。

「トイレ？」

「違うって！　ほんと、デリカシーがないのは相変わらずだよな！　いつまで経っても子供っぽいというか」

「まあ、もう子供じゃないけどね。補導もされないし」

　なぜかドヤ顔をしてみせる聖良を見て、大和は呆れながらも話題を切り替える。

「それはともかく、今夜は聖良のバースデーライブがあるだろ？　開始まであと二時間を切っているし、もうそんなに一緒にはいられないよな」

「うん、打ち合わせとか直前のチェックもあるから。今も少し抜け出してきた感じだし」

「だよな」

「でも、終わったら会いに行くよ？　多分、日付が変わった後になると思うけど」

「ならやっぱり、今じゃないといけないな。――聖良、大事な話があるんだ」

「えっ？」

唐突に真剣な表情になった大和を見て、聖良は顔を強張《こわば》らせる。

イルミネーションの光が照らすその瞳に、動揺の色が浮かんだ。

「良い話？　それとも、悪い話？」

「それは、俺たち次第かな」

「私たち次第って……最近、あんまり会えてないことと関係してる？」

「…………」

予想以上に聖良が動揺しているせいで、大和はなかなか本題を切り出せない。

どうやら聖良は聖良なりに、ここ最近でも思うところがあったらしい。

そこに関しては後々フォローを入れるとして、大和は咳払いをしてみせる。

「本当に大事な話だから、ちゃんと聞いてほしいんだ」

「あ、うん、わかった……」

大和はしっかりと聖良に向き直る。

そして覚悟を決めるように、すぅと息を吸った。

「白瀬聖良さん」

「はい」

名前を呼んだことで、聖良が姿勢を正した。

真っ直ぐに聖良の瞳を見つめて、大和は告げる。

「──一生大切にするから、俺と結婚してください」

指輪が入ったケースを差し出しながら、大和はプロポーズの言葉を口にした。

聖良は驚きに目を見開いてから、一筋の涙をこぼし──

「──はい、喜んで」

笑顔になって、頷いた。

「や、やったぁ――ッ！」

思わずガッツポーズとともに、大和は歓喜の声を上げる。

最愛の恋人の誕生日であるこの日、社会人になった大和は一世一代の大勝負をすると前々から決めており、念願が成就《じょうじゅ》したのだから嬉しくてたまらなかったのだ。

その声は噴水広場じゅうに響き渡り、周囲からの視線を集める。

聖良の正体がバレたら困るので、咄嗟《とっさ》に黙る大和を見て、聖良は涙を拭きながら言う。

「それ、婚約指輪でしょ。はめてよ」

「ああ！」

聖良の左手薬指に婚約指輪をはめると、サイズはぴったりだった。

「わぁ、綺麗《きれい》……」

幸せそうに、うっとりと指輪に見惚《みと》れる聖良。

「確かに、綺麗だ……」

指輪をはめた聖良を見て、大和は感激のあまり目に涙をにじませていた。

イルミネーションの光を浴びて微笑む彼女の姿は、初めて言葉を交わした夜の出会いを想起させて、それが余計に涙腺を刺激してきた。

「ねぇ、大和」

「なんだ？」

「私、子供はたくさん欲しいな」

「は、はは……――任せろ！」

聖良の物言いが直球なのは、なにも今に始まったことではない。

プロポーズの直後に、さっそく家族計画を語り始めるのも、聖良らしいといえばらしいのかもしれない。

さらに聖良は笑顔のまま続ける。

「これで熱愛報道とか、お泊まりデートの激写だとかで騒がれずに済みそう。これからは堂々とできるね」

「せ、聖良さん……？　もしかして、結構我慢させていましたか……？」

「まあね。あんまり遅いと、こっちから逆プロポーズしようと思っていたくらいには」

「ははは……間に合ってよかったよ、ほんとに」

ホッと胸を撫《な》で下ろす大和。

そこで、大和の鼻先に冷たい感触が触れた。

雪が降ってきたのだ。

「雪だよ、大和」

聖良は空を見上げながら、はしゃぐようにして両手を広げる。

「空まで私たちのことを、祝福してくれているんだね」

そんな言葉を恥ずかしげもなく伝えてくる聖良に、やはり大和はどうしようもなく惹《ひ》かれてしまうのだ。

そのとき、向き直った聖良が目を瞑《つぶ》ってみせる。

指輪が光るその手を握ってから、そっと唇にキスをした。

「聖良、愛してる」

「私も、大和を愛してます」

気持ちを伝えて見つめ合い、二人は心から笑い合う。

煌《きら》びやかな夜景に重なる二人の影は、いつまでも離れないのだった——。

「ああ」

あとがき

お久しぶりです。初めての方は、初めまして。戸塚陸《とづかりく》です。

この度は、『放課後《ほうかご》の聖女《せいじょ》さんが尊《とうと》いだけじゃないことを俺《おれ》は知《し》っている』、四巻をお手に取ってくださり、誠にありがとうございます。

こうして四巻を出すことができたのは、応援してくださった皆様のおかげです。


今巻では季節が移り変わり、秋になったところから物語が始まります。

平凡な大和《やまと》と、どこか浮世離れした聖良《せいら》。

二人が互いを想《おも》い、互いの幸せのために全力で進んでいく姿を描きました。

楽しい時間はあっという間に過ぎていくものですが、それでもそのひとときを大切にしていけたら、という思いを込めました。

不器用な二人が過ごす青春の行く末を、ぜひ見届けていただけたら幸いです。

最後に謝辞を。

編集者様、そしてこの作品の出版にかかわってくださった皆様、今回もありがとうございます。

イラストを担当してくださった、たくぼん様。素晴らしく尊いイラストで本作を彩《いろど》ってくださりありがとうございます。

そして読者の皆様。本作を読んでくださり誠にありがとうございます。今後もより一層楽しんでいただけるよう励みますので、どうぞよろしくお願い致します。

ここまで読んでくださって、ありがとうございました。

それではまた、どこかでお会いできることを願って。

戸塚陸

お便りはこちらまで

〒一〇二－八一七七
ファンタジア文庫編集部気付
戸塚 陸（様）宛
たくぽん（様）宛

富士見ファンタジア文庫

放課後《ほうかご》の聖女《せいじょ》さんが尊《とうと》いだけじゃないことを俺《おれ》は知《し》っている4

令和4年11月20日　初版発行

著者——戸塚《とづか》 陸《りく》

発行者——山下直久

発　行——株式会社KADOKAWA
〒102-8177
東京都千代田区富士見2-13-3
0570-002-301（ナビダイヤル）

印刷所——株式会社KADOKAWA

製本所——株式会社KADOKAWA

※定価はカバーに表示してあります。
●お問い合わせ
https://www.kadokawa.co.jp/（「お問い合わせ」へお進みください）
※内容によっては、お答えできない場合があります。
※サポートは日本国内のみとさせていただきます。
※Japanese text only

ISBN978-4-04-074729-3 C0193　◆◇◇

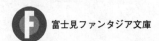